AF383619

TABLE DES MATIÈRES

CONTENUES

Dans les Mémoires publiés de 1845 à 1881

SUIVIE D'UN

CATALOGUE DES RECUEILS ACADÉMIQUES REÇUS EN ÉCHANGE

PAR LE

Dʳ SAINT-LAGER

BIBLIOTHÉCAIRE

LYON

ASSOCIATION TYPOGRAPHIQUE

Th. Giraud, rue de la Barre, 12

1882

NOTICE SUR L'ACADÉMIE DE LYON

L'Académie des sciences, belles-lettres et arts de Lyon a été fondée en 1700 et autorisée par lettres-patentes royales du mois d'août 1724.

Elle se compose de 52 membres titulaires répartis en deux classes :

1° Classe des sciences, comprenant 24 membres et divisée en trois sections ;

2° Classe des belles-lettres et arts, comprenant 28 membres et divisée en quatre sections.

Après vingt ans de services, les titulaires peuvent passer au rang d'émérites.

L'Académie se compose, en outre, de membres associés et de correspondants.

Elle tient une séance le mardi de chaque semaine à 7 heures du soir, excepté pendant la seconde quinzaine d'août, et pendant les mois de septembre et octobre. Deux séances solennelles auxquelles le public est invité ont lieu chaque année ; on y entend la lecture : 1° du compte rendu par le président des travaux de l'année ; 2° des rapports sur les prix proposés par l'Académie ou institués en exécution des legs faits par Christin-de-Ruolz, le prince Lebrun, Louis Dupasquier, la famille Ampère-Cheuvreux et le docteur Herpin ; 3° d'un discours composé par un membre de l'Académie sur un sujet littéraire, artistique ou scientifique (1).

L'Académie tient ses séances au Palais-des-Arts dans une salle attenant à la Bibliothèque de la Ville.

La bibliothèque de l'Académie se composait à la fin de 1881 de 15,000 volumes, inscrits à mesure de leur entrée, d'abord

---

(1) On trouvera dans le dernier chapitre de la table alphabétique des matières (Rapports sur les concours) quelques détails concernant les prix décernés par l'Académie.

sur un catalogue spécial, puis sur le catalogue général de la bibliothèque du Palais-des-Arts pour être mis à la disposition du public aux mêmes conditions que les autres livres appartenant à la Ville. L'Académie possède, en outre, 3oo manuscrits (1).

Sur les 15,ooo volumes, 8,6oo proviennent de dons faits par Adamoli, Christin, Artaud, par les Ministres de l'Instruction publique, des beaux-arts et du commerce, et enfin par les auteurs eux-mêmes ; 6,4oo ont été envoyés par les 204 Sociétés savantes avec lesquelles l'Académie est en relation (2).

De 1700 à 1844 les ouvrages des membres de l'Académie ont été publiés séparément, l'inventaire en a été fait par J.-B. Dumas dans son *Histoire de l'Académie de Lyon*; à partir de 1845 ils ont été réunis en un volume publié chaque année sous le titre de *Mémoires*. Nous présentons ci-après l'énumération des comptes rendus annuels de 1804 à 1841, ainsi que celle des 45 volumes de Mémoires publiés de 1845 à 1881.

(1) Les manuscrits de l'Académie se composent :

1º De manuscrits anciens ;

2º De Mémoires par des savants étrangers à l'Académie ;

3º De Mémoires par les membres de l'Académie ;

4º D'Éloges des savants lyonnais et des associés de l'Académie, 2 vol. in-folio ;

5º Du Journal de l'Académie, de 1714 à 1758, comprenant :

Les Registres de la Soc. des beaux-arts et de l'Académie de Lyon, de 1740 à 1756, 25 vol. in-folio ;

Les Règlements, délibérations, discours de réception, réponses aux discours, éloges, discours d'ouverture, pièces diverses, 5 vol. in-folio ;

La Correspondance académique de 1736 à 1792, de 1800 à 1857, 14 vol. in-4º.

On trouvera l'inventaire des manuscrits de l'Académie dans l'ouvrage publié à Lyon, en 1812, par Delandine, sous le titre de *Manuscrits de la ville de Lyon*, 3 vol. in-8º, et dans l'*Histoire de l'Académie de Lyon*, publiée en 1839 par J.-B. Dumas, 2 vol. in-8º.

(2) La liste des Sociétés correspondantes se trouve à la fin de la présente notice.

COMPTES RENDUS IMPRIMÉS

27 mars 1804...................... par Dubois.
21 août 1804.... .... — Delandine.
27 août 1805 .... — Petit.
26 août 1806 .... — Pétetin.
25 août 1808 .... — Mollet.
29 août 1809 .... — Bérenger.
14 mai 1811...... .... — Martin aîné.
26 août 1813 .... — Béraud.
30 août 1814 .... — Parat.
2ᵉ semestre 1815 .... — Cochet.
 5 septembre 1816 .... — Ballanche.
28 août 1817 .... — Dumas.
26 mai 1818 .... — Desgaultières.
 7 septembre 1818 .... — Cochard.
15 mai 1819 .... — Clerc.
 9 août 1819 .... — Guerre.
 2 mai 1820 .... — Grognier.
 5 septembre 1820 .... — Poupar.
 4 septembre 1821 .... — Richard.
30 mai 1822 .... — Guillemet.
1ᵉʳ juillet 1823 .... — Richard de la Prade.
10 juin 1824 .... — Régny.
20 août 1824 .... — Achard-James.
27 mai 1825 .... — Bugnard.
31 août 1825 .... — Breghot du Lut.
30 août 1826 .... — Balbis.
21 décembre 1835 .... — Boullée.
29 décembre 1836 .... — Polinière.
         1837 .... — Guerre.
         1839 .... — Terme.
         1840 .... — Soulacroix.
         1841 .... — Achard-James.
Du 8 janvier 1844 au 18 décembre 1849 par les secrétaires.
Du 8 janvier 1850 au 23 décembre 1851 par Bineau.

Bulletin des séances, 1865, tome I, par les secrétaires.
— — 1866, tome II, par les secrétaires.

La suite des comptes rendus imprimés se trouve plus loin dans le premier chapitre de la table alphabétique des matières (Académie, son histoire, comptes rendus de ses travaux).

COMPTES RENDUS NON IMPRIMÉS

25 août 1807.................... par VITET.
1er mars 1810.................. — TABARD.
28 août 1810.................. — VOUTY DE LA TOUR.
3 septembre 1811.............. — NOMPÈRE DE CHAMPAGNY.
5 mai 1812.................... — CARTIER.
25 août 1812.................. — RAMBAUD.
18 mai 1813 .... — EYNARD.
21 décembre 1815 .... — Comte DE LAURENCIN.
31 août 1822.................. — CHANTELAUZE.
27 août 1823.................. — MONIER.
12 février 1828............... — BREDIN.
21 décembre 1833.............. — GRANDPERRET.
27 septembre 1834............. — CHENAVARD.

MÉMOIRES

LETTRES

I............... .. 1845
II................... 1846

Nouvelle série.

I.................... 1851
II................... 1853
III.................. 1853
IV............... 1854
V.................... 1856-57
VI.................. 1857-58
VII................. 1858-59
VIII............... 1859-60
IX.................. 1860-61
X................... 1861-62
XI.................. 1862-63
XII................ 1864-65
XIII............... 1866-68
XIV............... 1868-69
XV................ 1870-74
XVI............... 1874-75
XVII.............. 1876-77
XVIII............. 1878-79
XIX. 1879-80
XX................ 1881-82

SCIENCES

I.................. 1845
II................. 1847

Nouvelle série.

I.................. 1851
II................. 1852
III................ 1853
IV................ 1854
V................. 1855
VI................ 1856
VII............... 1857
VIII.............. 1858
IX................ 1859
X................. 1860
XI................ 1861
XII............... 1862
XIII.............. 1863
XIV.............. 1864
XV............... 1865-66
XVI.............. 1866-67
XVII............. 1869-70
XVIII............ 1870-71
XIX.............. 1871-72
XX............... 1873-74
XXI.............. 1875-76
XXII............. 1876-77
XXIII............ 1878-79
XXIV 1879-80
XXV............. 1881-82

TABLE ALPHABÉTIQUE DES AUTEURS

AIGUEPERSE (D'). — Coup d'œil sur la décadence des let-
tres, des sciences et des arts chez les Romains. —
L. V.. 66
— Nouvelles recherches sur l'emplacement de Lunna. —
L. VI... 1
— Découverte d'une inscription dans le lit de la Saône.
— L. VI.. 305
— Notice sur Boscary de Villeplaine. — L. VII........... 137
— Notice biographique sur Ambr. Comarmond. — L. VIII. 1
— Essai sur quelques chiffres de l'histoire romaine. —
L. IX.. 49
ALLÉGRET. — Mémoire sur le Calendrier. — S. XXIV... 15
— Sur l'ancienne Chine (discours de réception). —
S. XXV... 173
— Utilité des périodes dans le calcul des éclipses de soleil
mentionnées par les anciens historiens. — S. XXV... 189
— Rapport sur le prix fondé par le prince Lebrun. —
S. XXV... 311
ALLMER. — Note sur plusieurs monuments épigraphiques.
— L. IX.. 147
— Découverte de tombeaux et de colonnes antiques dans
l'église de Saint-Pierre, à Vienne. — L. IX.......... 299
— Sur une inscription antique trouvée à Genay (Ain). —
L. XII... 59
— Note sur un fragment de colonne itinéraire. — L. XIX. 195
ANDRÉ (C.). — L'Observatoire universitaire de Lyon à
Saint-Genis-Laval. — S. XXIII...................... 53
— Pluies et neiges en 1879. — S. XXIV................. 229
— Observation du passage de Mercure sur le Soleil, faite à
Ogden dans l'Utah le 6 mai 1878 (discours de récep-
tion). — S. XXIV.................................... 261
— Pluies et neiges en 1879-80. — S. XXV.
AYNARD (Théodore). — Note historique sur l'art de fonder
les ponts (discours de réception). — Bulletin II, 1866.. 26

AYNARD (Théodore). — Compte rendu des travaux de l'Académie en 1874. — L. XVI 295

— Id. S. XXI 1

BARRIER. — Éloge du docteur Amédée Bonnet (discours de réception). — L. VIII 51

BENOIT (Ph.). — Le bonheur, épître à un ami. — L. 1re série I 177

— Épître satirique au sieur Bourget, ex-épicier. — L. IV.. 40

BERNE. — Quelques pensées sur l'hygiène de l'enfance (discours de réception). — S. XX 291

BINEAU. — Recherches sur les produits formés par la réaction de l'iode et de l'ammoniaque.— S. 1re série I.... 27

— Observations sur le dosage de l'ammoniaque. — S. I... 197

— Observations sur l'absorption de l'ammoniaque et des azotates par les végétations cryptogamiques. — S. III. 369

— Études chimiques sur les eaux pluviales et sur l'atmosphère de Lyon. — S. IV 33

— Rapport sur les médailles du prince Lebrun. — L. VII. 94

— Rapport sur les médailles du prince Lebrun. — S. VII. xxxiii

— Études sur les dissolutions des carbonates terreux et des principaux oxydes métalliques. — S. VII 1

— Résumé des données ozonométriques de juin 1855 à mars 1857. — S. VII 225

— Sur la densité des vapeurs surchauffées du soufre, du phosphore, et de l'arsenic. — S. X 69

BLANC SAINT-BONNET. — De l'affaiblissement de la raison par suite de l'enseignement en Europe, depuis le XVIIIe siècle. — L. II 100

— Étude nouvelle sur la notion de l'infini. — L. V 138

BOISSIEU (Alph. de). — Notice sur la vie et les travaux de Grégory. — L. II 84

BONNARDET. — Rapport sur le concours ouvert relativement à la question des avantages et des inconvénients qui peuvent résulter pour la ville de Lyon de l'établissement des chemins de fer. — S. 1re série I 104

— Du chemin de fer de Paris à Marseille. — S. 1re série I 201

— Rapport sur l'éloge de Châteaubriand. — L. I 227

— Rapport sur le concours pour l'éloge de Benjamin Delessert. — L. 1re série II 255

BONNEL (Joseph). — La découverte des mouvements réels de la terre par les astronomes grecs (discours de réception). — S. XXII 15

BONNEL (Joseph). — Étude sur l'histoire de l'astronomie au moyen-âge. — S. XXIII ... 275

— Rapport de la Commission du prix Herpin. — S. XXIV. 133

BONNET (Amédée). — Éloge d'Alphonse Dupasquier. — S. 1re série II ... 193

— Allocution prononcée à la séance publique du 22 janvier 1856. — L. V ... 57

— Compte rendu des travaux de l'Académie de 1845 à 1856. — L. V ... 184

— De l'oisiveté de la jeunesse dans les classes riches. — L. VI ... 204

BONNET (Guillaume). — Aperçu historique sur la gravure en médailles et pierres fines et sur les arts qui s'y rattachent (discours de réception). — L. XIV ... 367

BOUCHACOURT. — Éloge du docteur Devay (discours de réception). — S. XVII ... 147

— Discours sur Blanc Saint-Bonnet. — L. XIX ... 235

— Discours prononcé aux funérailles d'Etienne Mulsant. — S. XXIV ... 321

— Compte rendu des travaux de l'Académie en 1880. — S. XXIV ... 353

— Id. L. XX ... 1

BOUILLIER. — De l'origine du langage et de ses rapports avec la pensée. — L. 1re série I ... 117

— De l'hypothèse cartésienne des bêtes-machines. — L. 1re série II ... 21

— Rapports de la liberté et de la propriété. — L. 1re série, II. 225

— Du cartésianisme de Bossuet. — L. II ... 29

— Causes de la révolution philosophique du XVIIIe siècle. — L. III ... 5

— Sur les offices de Cicéron. — L. IV ... 69

— L'Académie de Lyon au XVIIIe siècle. — L. V ... 291

— L'Institut et les Académies de province. — L. VI ... 130

— De l'unité de l'âme pensante et du principe vital. — L. VII. 25

BOULLÉE. — Étude comparative sur les États-Généraux de France et les Parlements d'Angleterre. — L. 1re série I ... 209

BOUQUET. — Mémoire sur les propriétés d'un système de droites dont chacune correspond à un point déterminé de l'espace. — S. 1re série II ... 385

BOURCIER et MULSANT. — Description d'une espèce nouvelle d'oiseau-mouche, le *Trochilus pichincha*. — S. 1re série II ... 427

BRACHET. — Etudes physiologiques sur la théorie de l'inflammation. — S. I 5

— De l'unité de la médecine. — S. VI 169

BRESSON. — Prix Dupasquier. — Rapport sur le concours. — L. XVI 309

— L'Architecture religieuse du IVe au XIIIe siècle (discours de réception). — L. XVIII 209

BRIOT. — Note sur un perfectionnement dans la méthode en géométrie. — S. 1re série II 429

CAILLEMER. — L'établissement des Burgondes dans le Lyonnais (discours de réception). — L. XVIII 1

— Compte rendu d'une étude de M. Ferraz sur le Socialisme, le Naturalisme et le Positivisme en France au XIXe siècle. — L. XVIII 49

— L'Institut et les Académies de province, rapport sur un ouvrage de M. Fr. Bouillier. — L. XVIII 367

— Notices et extraits de manuscrits de la Bibliothèque de Lyon. — L. XX 39

— Rapport sur le concours pour l'histoire des institutions municipales de Lyon. — L. XX 359

CAP. — Éloge de Mathieu Bonafous. — L. III 249

CHABAS. — Sur l'usage des bâtons de main chez les Hébreux et dans l'ancienne Égypte. — L. XVI 385

CHAPPET. — Quels sont les avantages et inconvénients pour la ville de Lyon de l'établissement des chemins de fer. — S. 1re série I 45

CHARVÉRIAT (E.). — Les origines du journalisme en Allemagne. — L. XIX 97

— L'éducation d'un prince allemand à la fin du XVIe siècle (discours de réception). — L. XX 25

— Note sur une relation de la bataille de Wimpfen. — L. XX 259

— Étude sur l'histoire de la constitution de Cologne au moyen-âge. — L. XX 287

CHENAVARD. — Relation d'un voyage en Grèce et dans le Levant. — L. 1re série I 246

— Rapport sur un tissu de la fabrique lyonnaise. — L. 1re série II 41

— Rapport sur l'invention d'une machine cylindrique appelée Rame-Argoud. — S. 1re série II 115

— Second rapport sur la Rame-Argoud. — S. 1re série II. 121

CHRISTOPHE. — Voyage au Grand-Saint-Bernard, en 1863. L. XII 81

CHRISTOPHE. — Viennet et les Croisades. — L. XII 191
— Pie II (Æneas Sylvius-Piccolomini) écrivain. — L. XII. 253
COMARMOND. — Rapport sur les musées archéologiques
    de Lyon. — L. I................................ 223
— Notice sur un Hercule enfant en bronze. — L. II....... 72
— Notice sur les ruines d'un monument gallo-romain qui a.
    existé au Jardin-des-Plantes de Lyon. — L. VI...... 167
DARESTE DE LA CHAVANNE. — La Turquie et les puis-
    sances occidentales au commencement du XVIe siècle.
    — L. V.................................... 155
— Rapport sur le concours de poésie en 1857. — L. VI.... 66
— Rapport sur le concours de géographie historique. —
    L. VII................................... 100
— Compte-rendu du banquet offert à Victor de Laprade à
    l'occasion de son admission à l'Académie française. —
    L. VII.................................... 1
— Procès-verbaux du Comité d'histoire et d'archéologie. —
    L. IX.................................... 123
— Procès-verbaux du Comité d'histoire et d'archéologie. —
    L. X..................................... 115
— Rapport sur le concours pour l'histoire des associations
    ouvrières. — L. XI............................ 45
— Procès-verbaux du Comité d'histoire et d'archéologie. —
    L. XI.................................... 61
— Compte rendu des travaux de l'Académie en 1865. —
    Bulletin I................................. 204
DANGUIN. — Essai sur la gravure (discours de réception).
    — L. XIV.................................. 283
— Rapport sur le concours pour le prix Dupasquier. —
    L. XVIII.................................. 183
— Id. L. XIX............................... 213
— Id. L. XX................................ 355
DELAISSEMENT. — Note sur les tremblements de terre de
    Bourbonne. — S. XI.......................... 195
DELOCRE (E.). — L'avenir de la France (discours de récep-
    tion). — S. XXIII........................... 109
DESGRANGES. — De l'assistance publique en France et
    en Angleterre (discours de réception). — Bulletin I.
    1865..................................... 240
— Compte rendu des travaux de l'Académie en 1872. L. XV. 197
— Id. S. XX................................ 1
— Rapport sur les travaux scientifiques du docteur Delore.
    — S. XXV................................. 153

DESJARDINS (T.). — Qu'est-ce que l'Archéologie. — L. V.   194
— Notice sur l'Hôtel-de-Ville de Lyon et sur les restaurations qui y ont été faites. — L. X 35
— Souvenirs d'un voyage à Rome. — La catacombe Saint-Calliste. — L. XV 181
— Rome. — Le mont Palatin. — L. XV 415
— Naples et ses environs. — L. XVI 345
— Ravenne. — L. XVII 115
— Florence. — L. XVII 163
— Venise. — L. XVII 363
— Ligurie. — L. XX 165
— Les travaux archéologiques de M. Flouest. — L. XVIII.   67
— Rapport sur le prix Louis Dupasquier. — L. XVIII.... 231
— Rapport sur la Martinière des filles. — S. XVII 287
— La Martinière des filles, rapport. — L. XVIII 235
— Rapport sur la Martinière des filles. — S. XXIII 201
— Note sur quelques tableaux de la section des beaux-arts. L. XVIII 333
— Compte rendu des travaux de l'Académie en 1879. — L. XIX 71
— Id. S. XXIV 91
DEVAY. — Nouvelles observations sur les dangers des mariages entre consanguins. — S. X 255
DIEU. — Essai sur l'histoire des Mathématiques (discours de réception). — Bulletin II, 1866 83
— Note sur la question du déplacement de l'Observatoire de Paris. — S. XVI 369
— Note sur une question de mécanique. — S. XVII 282
— Mécanique rationnelle. — Mouvement d'un point matériel eu égard à la rotation diurne, abstraction faite du mouvement annuel de la terre. — S. XIX 265
— Mécanique rationnelle. — Mouvement d'un point matériel assujetti à rester sur une surface fixe, eu égard au frottement. — S. XX 277
— Rapport de la Commission du prix Lebrun. — S. XXII.   39
DOR (H.). — De l'évolution historique du sens des couleurs; réfutation des théories de Gladstone et de Magnus. — S. XXIII 181
DORLHAC. — Note sur les dépôts houillers de Brassac et de Langeac, précédée de considérations sur le plateau central. — S. IX 17
DRIAN. — Études météorologiques faites à l'Observatoire de Lyon. — S. III 226

DRIAN. — Résumé des observations météorologiques du 1er décembre 1853 au 1er décembre 1855. — S. VI..... 312

— Observations météorologiques faites à neuf heures du matin, à l'Observatoire de Lyon du 1er décembre 1855 au 1er décembre 1857. — S. VIII.................... 73

— Observations météorologiques faites à l'Observatoire de Lyon du 1er décembre 1857 au 1er décembre 1859.—S. X. 273

— Résumé des observations de météorologie du 1er décembre 1855 au 1er décembre 1860. — S. XI.............. 97

— Observations météorologiques faites à l'Observatoire de Lyon, du 1er décembre 1860 au 1er décembre 1862. — S. XIII..................................... 1

— Observations météorologiques, du 1er décembre 1862 au 1er janvier 1864. — S. XIV...................... 65

— Observations météorologiques du 1er décembre 1864 au 1er décembre 1865. — S. XV...................... 1

— Observations météorologiques du 1er décembre 1865 au 1er décembre 1866. — S. XVI...................... 1

DUCARRE. — Le travail industriel et agricole (discours de réception). — L. XIX............................... 1

— Note sur les enfants trouvés. — L. XIX.............. 197

DUMONT. — Fragments biographiques. — Perrache, Craponne et Montricher (discours de réception). — S. XXIV..................................... 177

DUMORTIER. — Le temps dans les périodes géologiques (discours de réception). — Bulletin I, 1865............ 216

DUMORTIER et FONTANNES. — Description des Ammonites de la zone à *Ammonites tenuilobatus* de Crussol (Ardèche). — S. XXI............................ 187

DUPASQUIER (Alphonse). — Faits pour servir à l'histoire du phosphore. — S. 1re série I...................... 5

— Inconvénients et dangers de l'acide sulfurique arsénifère. — S. 1re série I........................... 315

— Mémoire sur la couleur bleue de la lumière transmise par une feuille d'or. — S. 1re série I................. 337

— Effets des émanations phosphorées sur les ouvriers employés dans les fabriques. — S. 1re série I............ 369

— Notice sur une pluie de terre tombée dans les départements de la Drôme, de l'Isère, du Rhône et de l'Ain. — S. 1re série II................................. 7

— Emploi du chlorure d'or pour apprécier la présence des matières organiques en solution dans les eaux. — S. 1re série II................................. 17

DUPASQUIER (Louis). — De l'enseignement de l'art et de
l'architecture. — L. 1re série II.................... 69
— Du moulage à la gélatine. — L. 1re série II............ 209
DUPORT SAINT-CLAIR. — De l'utilité en France d'une
banque territoriale hypothécaire. — S. 1re série II.... 241
— Considérations sur l'histoire des métaux précieux. —
L. 1re série II................................. 421
— Considérations sur les gisements des métaux précieux
au Chili. — S. VI............................. 240
DURIEU (Fleury).— Notice sur le baron Rambaud (discours
de réception). — L. IV............................. 92
— Note sur la dépopulation des campagnes et les moyens
d'y rémédier. — Bulletin II, 1866.................... 12
EBRAY (Théophile). — Stratigraphie des terrains juras-
siques du département de l'Ardèche, et en particulier
des minerais de fer de la Voulte et de Privas. —
S. XIV... 1
— Recherches sur l'âge du granit syénitique du Beaujo-
lais. — S. XIV................................. 325
— Nouveaux renseignements sur la Minette du Rhône. —
S. XV... 182
— Classification des eaux minérales de la Savoie. — S. XV. 338
— Réponse aux observations faites par le professeur Lory
sur les travaux d'Ebray dans les Alpes. — S. XVII... 94
— Sur la nécessité de démembrer le genre *Glypticus*. —
S. XIX... 69
EICHHOFF. —Mémoire sur les Scythes. — L. 1re série I... 137
— Mémoire sur les Sarmates et les Venèdes.—L. 1re série I. 334
— Mémoire sur les Slaves. — L. 1re série I.............. 395
— Éloge de Devillas. — L. 1re série I.................... 504
— Malheurs des poètes épiques. — L. 1re série II.......... 57
— Progrès de la civilisation (discours de réception). —
L. 1re série II.................................... 361
— Essai sur la mythologie du Nord. — L. I.............. 5
— Études sur Ninive et Persépolis. — L. I.............. 151
— Supplément aux études sur Ninive. — L. II............ 1
— Traduction en vers français de l'*Hymne à Dieu* du poète
russe Derjavine. — L. II.......................... 68
— Poésie héroïque des Indiens. — L. III................. 145
— Supplément à la poésie héroïque des Indiens. — L. IV. 56
— Légende indienne sur la vie future. — L. V........... 224
ESTAUNIÉ.—Relation entre la force des machines à vapeur
et la dimension des chaudières. — S. IX............. 33

FABISCH. — De la dignité de l'art (discours de réception).
L. VIII... 232
— Rapport sur le prix Louis Dupasquier. — L. XVII...... 239
— Rapport sur le concours pour le prix Ampère.—L. XIX. 205
FAIVRE. — La question des générations spontanées. —
S. X... 154
— Considérations sur la variabilité de l'Espèce et sur ses
limites, dans les conditions actuelles d'existence. —
S. XIII.. 247
— Rapport sur le prix Ampère. — L. XIV............... 233
— La session tenue en 1868 par l'Association britannique
pour l'avancement des sciences. — S. XVII........ 100
— Sur l'ovule et sa nature morphologique chez le *Primula
sinensis*. — S. XVII............................. 271
— Observation sur la fécondation du *Geonoma Martii* et du
Carludovica rotundifolia. — S. XX............... 337
— Compte rendu des travaux de l'Académie en 1878. —
L. XVIII.. 277
— Id. S. XXIII...................................... 225
— Études physiologiques sur l'effeuillement du Mûrier. —
S. XXI.. 15
— Recherches sur la structure, le mode de formation et
sur quelques particularités relatives aux fonctions des
urnes du *Nepenthes destillatorium*. — S. XXII...... 173
— Études sur les laticifères et le latex pendant l'évolution
germinative de l'embryon du *Tragopogon porrifolius*.
— S. XXIII....................................... 361
FAIVRE et DUPRÉ. — Recherches sur les gaz du Mûrier
et de la Vigne. — S. XV.......................... 217
FALSAN (Albert). — Instruction pour l'étude du terrain
erratique de la partie moyenne du bassin du Rhône. —
S. XVII... 179
— Note sur la constitution géologique des collines de
Loyasse, de Fourvières et de Saint-Irénée. — S. XX. 181
— Des progrès de la minéralogie et de la géologie à Lyon,
et de l'influence de J. Fournet sur l'avancement de ces
sciences (discours de réception). — S. XX.......... 219
— Notice sur Théophile Ebray. — S. XXIV............. 207
FERRAZ. — Un Spéculatif au XIXe siècle ou Maine de
Biran, sa vie et ses doctrines (discours de réception).
L. XVII... 73
— Rapport sur l'ouvrage de M. Robert, intitulé : *Théories
logiques de Condillac*. — L. XVII................. 351

FERRAZ. — Rapport sur le prix Ampère-Cheuvreux. —
L. XVIII 189
— Compte rendu des travaux de l'Académie en 1881. —
L. XX... 385
— Id. S. XXV...................................... 317
FORCRAND (Robert de). — Formation des Outremers orga-
niques. — S. XXIII.............................. 267
— Recherches sur la constitution des Outremers. —
S. XXIV... 141
FORCRAND (de) et BALLIN. — Note sur la production des
Outremers de différents métaux. — S. XXIII......... 173
FOURNET. — Rapport sur un Mémoire relatif à la géolo-
gie du canton d'Anse et des territoires voisins. —
S. 1re série I. — 1845............................. 155
— Sur les travaux géologiques de V. Thiollière. —
S. 1re série II................................... 97
— Sur la température anormale de quelques sources. —
S. II.. 61
— Note sur un effet de coloration des nuages. — S. II.... 162
— Sur la distribution des coups de foudre à Lyon. — S. II. 168
— Note sur la consolidation des stalactites et des couches
calcaires. — S. II............................... 170
— Note sur les effondrements de divers terrains. — S. II.. 175
— De l'extension des terrains houillers sous les formations
secondaires et tertiaires de diverses parties de la
France. — S. V.................................. 1
— Appendice aux aperçus sur l'extension des terrains
houillers. — S. VI............................... 1
— Détails au sujet de la formation des oolithes calcaires. —
S. VII... 72
— Programme relatif à la théorie des gîtes métallifères. —
S. VII... 165
— Note sur certaines tempêtes hibernales de l'Algérie. —
S. VII... 237
— Note sur certaines colorations de la lune et du soleil. —
S.VIII... 1
— Hydrographie souterraine. — S. VIII................. 221
— Influence de la structure et du régime pluvial de la con-
cavité bourguignonne sur les inondations de Lyon. —
S. IX.. 50
— Nouvelles observations sur le bleuissement des astres.
— S. IX... 156

FOURNET. — Recherches sur les ombres colorées qui se manifestent à diverses heures, en diverses saisons, et sur les applications du phénomène. — S. IX........ 165
— Mémoires sur les mélaphyres, spilites, basaltes et trapps. — S. IX.............................. 230
— Recherches sur la constitution géologique des montagnes du Palatinat du Rhin et sur la formation des spilites agatifères. — S. IX.............................. 287
— Aperçus sur la structure du Jura septentrional. — S. XI. 1
— Première série d'aperçus sur les variations séculaires du régime des fleuves. — S. XI...................... 75
— Rapport sur un Mémoire de Poyet, relatif à l'histoire des exploitations métalliques du Lyonnais et des régions voisines. — S. XI.............................. 122
— De l'influence du mineur sur les progrès de la civilisation, d'après les données actuelles de l'archéologie et de la géologie. — S. XI........................ 217
— Suite de l'influence du mineur. — S. XII.............. 1
— Détails concernant l'orographie et la géologie de la partie des Alpes comprise entre la Suisse et le comté de Nice. — S. XIII.............................. 51
— Des pluies de terre observées dans le bassin du Rhône. — S. XIII.............................. 185
— Note sur la roche du sommet de l'Esterel. — Bulletin I, 1865.............................. 91
— Voyage géologique dans le Languedoc, le Rouergue et l'Auvergne. — Bulletin I, 1865.................. 96
— Aperçus sur la diffusion du sel et sur son rôle dans certains phénomènes géologiques, hydrographiques et botaniques — S. XIV.............................. 115
— Classification des phénomènes produits par l'électricité météorique. — S. XVI...................... 113
— Esquisse géographique, ethnographique et géologique du département du Rhône. — S. XVI.............. 277
FRAISSE. — Notice sur Phil.-Aug. Gauthier. — S. II..... v
— Discours lu à l'occasion des obsèques du docteur Amédée Bonnet. — L. VII.............................. 165
— Discours prononcé sur la tombe de Genod. — L. XI.... 39
— Discours prononcé sur la tombe de Dumas. — L. XI... 105
— Discours prononcé sur la tombe de Louis Perrin. — Bulletin I, 1865.............................. 87
FRANÇOIS. — Démembrement de la Pologne. — L. 1re série I.............................. 5

FRÉNET. — Sur la théorie analytique des surfaces. — S. III   5
— Observations météorologiques faites à 9 heures du matin à l'Observatoire de Lyon du 1er décembre 1851 au 1er décembre 1853. — S. III 177
— Observations météorologiques du 1er décembre 1853 au 1er décembre 1855. — S. VI 263
— Sommation d'une certaine classes de séries. — S. VII..   59
— Note sur une formule d'analyse. — S. VII 222
GAILLARD (Léopold de). — Nicolas Bergasse, publiciste (discours de réception). — L. X 265
GASPARIN (Paul de). — Reconnaissance de l'aqueduc romain qui amenait à Lyon les eaux de la vallée du Gier — S. VI 202
GAUTHIER. — Lettres inédites du connétable Artur de Richemont aux conseillers et habitants de Lyon. — L. VIII 105
GENOD. — Éloge de Pierre Revoil, peintre lyonnais (discours de réception. — L. XI 19
GILARDIN. — De la philosophie de l'histoire (discours de réception). — L. V 318
— Du surnaturel et du mysticisme. — L. X 1
— Rapport sur le concours de poésie. — L. X 75
— Réflexions sur la doctrine du Père Gratry sur l'Infini. — L. XI 145
— J.-B. Dumas et ses œuvres. — L. XI 73
— Du rôle politique des Parlements, d'après l'histoire du Parlement de Bourgogne. — L. XII 283
GLÉNARD et GUILLIERMOND. — Mémoire sur une nouvelle méthode de dosage de la quinine. — S. X 112
GODART. — Voyez Mulsant.
GONNARD. — Note sur les associations minérales du Capucin au Mont-Dore. — S. XXIV 77
— Note sur les associations minérales dans certains trachytes de Riveau-Grand au Mont-Dore. — S. XXIV... 161
— Note sur quelques faits minéralogiques observés dans les granits des bords de la Saône. — S. XXIV 195
— Note sur l'existence dans les granits du Lyonnais d'une espèce nouvelle, la Dumortiérite. — S. XXV 165
— Note sur l'existence de l'Apatite dans les pegmatites du Lyonnais. — S. XXV 253
GRANDPERRET. — Histoire de l'Académie des sciences, belles-lettres et arts de Lyon. — L. 1re série I 5

GRANDPERRET. — Rapport sur les médailles fondées par Fulchiron. — L. 1re série I 200

— Des tendances actuelles en économie politique.—L. 1re série II.. 193

— Rapport sur les orgues de Beaucourt et Vœgeli. — L. 1re série II.. 249

— Rapport sur le concours ouvert pour l'éloge de Châteaubriand. — L. 1re série II.............................. 401

GRÉGORY. — Rapport sur le concours ouvert sur les causes locales qui nuisent à la fabrique de Lyon. — S. 1re série I.. 177

GUIGUE. — Note sur une inscription bilingue trouvée à Genay (Ain). — L. XI.............................. 185

— Les deux Ponce, évêques de Mâcon (discours de réception). — L. XX.. 263

GUILLARD (Louis). — Rapport sur l'éloge de Mme Récamier. — L. I..................................... 81

— Eloge de J.-F. Terme (discours de réception). — L. III. 52

— Note sur une lyre antique trouvée dans la Saône. — L. XIII.. 359

— Discours prononcé aux obsèques de Fournet.— S. XVII. 145

— Mlle Adélaïde Perrin. — Rapport sur le concours ouvert par l'Académie. — L. XVI.......................... 321

— Rapport sur le tableau de saint André, d'après le Dominiquin, donné à l'église Saint-Jean par le cardinal Fesch. — L. XVI.................................... 313

— Compte rendu des travaux de l'Académie en 1869. — S. XVIII.. 1

— Id. L. XIV.. 319

GUILLEBEAU et MULSANT. — Description d'un Coléoptère inédit, le *Crepidophorus anthracinus*.— S. IV.. 29

GUILLIERMONT. — Voyez Glénard.

GUIMET (J.-B.). — Considérations sur l'application des sciences à l'industrie (discours de réception).—S. 1re série II 231

— Cahier manuscrit d'expériences faites en 1826 pour la fabrication de l'Outremer. — S. XXIII.............. 353

GUIMET (Émile). — La musique populaire (discours de réception). — L. XIV.................................... 339

— Travaux de M. Chabas sur les temps de l'Exode. — L. XVII.. 39

GUIMET (Émile). — Hospice des enfants trouvés à Canton.
— L. XVIII... 225
— Note sur les Outremers. — S. XXIII 29
GUINAND. — De l'intelligence humaine (discours de réception). — L. XVII.................................... 1
GUNET. — Récit de la mort de Jeanne d'Arc, fragment d'un poème dramatique, Isambart de la Pierre. — L. IX.. 39
HAINL (Georges). — Rapport sur les harmoniums de H.-C. Beaucourt. — L. X................................. 253
HEINRICH. — La Légende de Don Juan et ses diverses interprétations. — L. VI........................... 184
— Notice sur l'abbé Noirot. — L. XIX.................. 123
— Notice sur Ernest Faivre. — S. XXIV............... 117
HÉNON.— Rapport sur le concours pour l'éloge de Mathieu Bonafous. — L. III................................. 195
— Sur une espèce de Narcisse peu connue, le *N. Bernardi*. — S. IV................................... 5
— Histoire et description d'un Champignon parasite, le Mérule destructeur, qui attaque les bois de construction. — S. IV 140
— Histoire et description de l'Œillet superbe. — S. VI... 248
— Promenade aux Glénans, à la recherche du *Narcissus reflexus.* — S. XIII 177
— Note sur le Potiron mamelonné. — S. XV........... 193
HIGNARD. — L'étude du grec dans l'éducation française (discours de réception). — L. XV................... 97
— Les peintures antiques relatives au mythe de Daphné, d'après Wolgang Helbig. — L. XV................ 365
— Note sur un passage d'Horace. — L. XVII........... 265
— Rapport sur un livre de M. de la Saussaye intitulé *Les six premiers siècles littéraires de la ville de Lyon.* — L. XVII.................................... 343
— Discours prononcé aux obsèques de Théodore Dieu. — L. XVIII.................................... 23
— Id. S. XXIII................................... 25
— Compte rendu des travaux de l'Académie en 1877. — S. XXIII.................................. 35
— Id. L. XVIII.................................... 97
— Quelques idées sur la Théogonie d'Hésiode.— L. XVIII. 259
— Rapport sur les lettres de Mme de Gérando. — L. XIX. 111
HUMBLOT. — Le président Gilardin, sa vie et ses écrits (discours de réception). — L. XVII 341

IMBERT. — Sur l'accouchement de Thamar. — S. 1re sér. I. 349

JOLIBOIS. — Dissertation sur l'utilité de l'étude des antiquités ecclésiastiques. — L. V. 86

— Sur l'importance et l'étendue de l'ancienne colonie de Lugdunum. — L. VI. 155

— Dissertation sur l'origine des anciens peuples du Mexique. — L. XV. 115

JORDAN (Alexis). — Pugillus plantarum novarum. — S. I. 212

— De l'origine des diverses variétés ou espèces d'arbres fruitiers et autres végétaux cultivés. — S. II. 65

JOURDAN. — Rapport sur les travaux et les préparations de Thibert. — L. 1re Série II. 49

— Des Cestracions. — S. XVII. 303

— Pluie de Crapauds. — S. XVII. 307

— Rapport sur le concours régional d'Annecy. — Bulletin I, 1865. 150

— Mémoire sur un grand Félide fossile. — Bulletin II, 1866. 26

JULLIEN. — Etude historique sur le plaidoyer de Cicéron pour Balbus. — L. XX. 89

LAFON. — Observations météorologiques faites à l'Observatoire de Lyon, du 1er décembre 1867 au 1er décembre 1868. — S. XVII. 1

— — du 1er décembre 1868 au 1er décembre 1869. — S. XVIII.

— — du 1er décembre 1869 au 1er décembre 1871. — S. XIX.

— — du 1er décembre 1871 au 1er décembre 1872. — S. XX.

— — du 1er décembre 1872 au 1er décembre 1873. — S. XXI.

— — du 1er décembre 1874 au 1er décembre 1875. — S. XXII.

— — du 1er décembre 1875 au 1er décembre 1878. — S. XXIII.

— Résumé des observations météorologiques faites dans la partie supérieure du bassin du Rhône. — S. XXIII. 73

LAGREVOL (de). — Notice sur Saint-Avit, évêque de Vienne. — L. XI. 157

LAPRADE (Dr Richard de). — Animisme et Vitalisme. — L. IX. 209

LAPRADE (Victor de). — Ballanche, sa vie et ses écrits. — L. 1re série II. 127

LAPRADE (Victor de). — Rapport sur le concours ouvert
pour une composition en vers français sur Jacquard.
— L. II.. 249
— De la poésie et du style au XVIIIᵉ siècle. — L. V..... 165
— A Lyon, pièce de vers. — L. VII...................... 234
LECOQ. — Éloge de Grognier (discours de réception). —
L. IV.. 112
LEGEAY. — De l'esprit moral de la tragédie antique. —
L. 1ʳᵉ série II.. 115
LEMBERT et RASSINIER.—Observations ozonométriques.
S. XVI..
LOCARD (Arnould). — Note sur les pluies de boue dans la
région lyonnaise. — S. XXIV........................... 201
— Les sciences naturelles et les naturalistes lyonnais (dis-
cours de réception). — S. XXIV........................ 325
— Catalogue des Mollusques vivants, terrestres et aquati-
ques du département de l'Ain. — S. XXV............. 1
— Étienne Mulsant, sa vie et ses œuvres. — S. XXV.... 259
LOIR. — Sur le pouvoir rotatoire de la mannite. — S. XXII. 157
— Notes historiques sur la découverte de l'Outremer arti-
ficiel. — S. XXIII...................................... 333
— Note sur la double fonction chimique (alcool et aldéhyde)
de divers acides monobasiques. — S. XXIV........... 1
LORTET (Pierre). — Unité de l'espèce et de la langue dans
l'humanité. — L. 1ʳᵉ série II........................... 377
— Des fleuves et de leur influence (discours de réception).
— S. 1ʳᵉ série II.. 33
— Comparaison graphique et mathématique des continents
de l'ancien monde. — S. I.............................. 77
— Calendrier cophte traduit de l'arabe et annoté. — S. II. 25
— De la superstition dans les sciences. — S. II........... 209
— De la foi dans la science. — S. III.................... 161
— De l'homme dans ses rapports avec la nature.— L. VIII. 201
— Note sur le sucre de canne. — S. IX.................. 1
— Notice sur Charles Ritter, professeur de géographie à
Berlin. — L. XI.. 1
MARMY. — Souvenirs de la Turquie d'Asie. — Études de
mœurs orientales (discours de réception). — S. XXIV. 37
MARTIN - DAUSSIGNY. — De l'alliance intime des
Beaux-Arts et de l'Archéologie (discours de réception).
— L. III.. 227

MARTIN-DAUSSIGNY. — Description d'une voie romaine
   découverte dans le quartier du Jardin-des-Plantes. —
   L. IV... 133
— Description d'une voie romaine. — L. V.............. 239
— Notice sur le perfectionnement de la peinture à l'huile
   par Jean de Bruges. — L. V......................... 264
— Notice sur l'inscription de Sabinius Aquila retrouvée en
   1857. — L. VI................................. 89 et 127
— Mémoire sur la statue équestre antique à laquelle appartient la jambe de cheval en bronze trouvée, en 1876,
   dans la Saône. — L. VIII........................... 82
— Notice sur les découvertes faites en 1859 lors de la démo-
   lition de l'ancien hôpital des Filles Sainte-Catherine
   et de l'Aumône générale devenus plus tard l'Hôtel du
   Parc. — L. VIII................................... 129
— Rapport sur la nouvelle édition par Monfalcon du livre
   de Spon, sous le titre de : *Recherche des antiquités et
   curiosités de la ville de Lyon*. — L. VIII........... 283
— Éloge de Victor Vibert. — L. IX................... 101
— Éloge de C. Bonnefond. — L. IX................... 225
— Procès-verbaux du Comité d'histoire et d'archéologie.—
   L. X.. 201
— Notice sur la découverte des restes de l'autel d'Auguste
   à Lyon. — L. XI................................... 111
— Découvertes archéologiques dans le lit du Rhône à Lyon.
   — L. XII.. 153
— Procès-verbaux du Comité d'archéologie. — L. XII.... 209
— Procès-verbaux du Comité d'histoire et d'archéologie.—
   L. XIII... 296
— Notice sur Morand et Perrache. — L. XV........... 403
— Rapport sur le concours pour l'histoire de la peinture,
   de la sculpture, architecture et gravure à Lyon. —
   Bulletin I, 1865................................... 24
MAURICE.—Observations météorologiques faites à l'Obser-
   vatoire de Lyon, du 1er décembre 1866 au 1er décembre
   1867. — S. XVII..................................
MAYET. — Voyez Mulsant.
MEAUX (vicomte de). — Études sur les guerres de religion.
   — L. XII.. 229
MENOUX. — Discours d'ouverture de la séance du 21 juin
   1853. — L. II..................................... 209
MICHEL. — Considérations sur la teinture des soies en noir.
   — S. X.. 91

MICHEL. — Note sur la substitution du bois de Châtaignier
à l'écorce de Chêne dans la tannerie. — S. XIV...... 313
MICHEL (Louis-Jules). — Détermination de la longueur du
pied gaulois à l'aide des monuments antiques de Lyon
et de Vienne. — S. XIX.................... 126
— Le nivellement général de la France. — S. XIX....... 299
— Essai sur les diverses mesures de longueur et de super-
ficie employées en France avant l'adoption du système
métrique. — S. XXIII.................... 117
— Rapport sur le prix Lebrun. — S. XXIII.............. 163
— Notice sur Jean-Louis Guillard. — L. XX............. 137
MOLLIÈRE (Ant.). — Des aptitudes spéculatives et esthé-
tiques de l'esprit lyonnais et de leur influence dans
l'ordre intellectuel et moral (discours de réception). —
L. XII.................... 121
— Étude sur l'ouvrage de M. Victor de Laprade, intitulé le
Sentiment de la nature avant le christianisme. —
L. XIII.................... 111
— Suite. — L. XIV.................... 241
— De la métaphysique du Droit. — L. XIX.............. 49
MONFALCON. — Éloge du docteur baron de Polinière. —
S. VIII.................... 1
MONIN. — Éloge du docteur Gubian. — S. XVII.......... 205
MONTHEROT (De). — Promenades dans les Alpes. —
L. 1re série I.................... 367
— De la longévité humaine, pièce de vers. — L. IV...... 269
— Documents inédits sur la révolution de Suède en 1772.—
L. VI.................... 25
MONTROUSIER. — Flore de l'île Art près de la Nouvelle-
Calédonie. — S. X.................... 173
MORIN (Jérôme). — Luc. Mun. Plancus est-il le premier
fondateur de la ville de Lyon. — L. III.............. 33
— Rapport sur le concours ouvert relativement aux moyens
d'atténuer pour les ouvriers en soie les effets des
crises. — L. IV.................... 177
— Lyon après le IX thermidor. — L. VI................ 46
— Sur la question de l'oisiveté des classes riches. —
L. VII.................... 81
— Rapport sur le concours ouvert relativement à la ques-
tion du salaire des femmes. — L. VIII.............. 9
MORIN-PONS (Henri). — Les Villeroy (discours de récep-
tion). — L. X.................... 169

MORIN-PONS (Henri). — La Fille de Bayart, notes historiques et généalogiques. — L. XVII.............. 242

MULSANT. — Note sur le *Callimus abdominalis*. — S. 1re série II...................................... 417

— Description d'un coléoptère nouveau, le *Clytus lama*. — S. 1re série II............................. 421

— Description d'une nouvelle espèce de coléoptère, le *Ceratoderus graniger*. — S. I................... 1

— Description d'un coléoptère nouveau, *Helobius noticollis*. — S. I.................................. 75

— Description de quelques espèces d'insectes constituant une tribu nouvelle parmi les coléoptères trimères. — S. I.. 69

— Description de quelques coléoptères nouveaux de la tribu des Longicornes. — S. I.................... 122

— Description de deux nouvelles espèces de coléoptères de la tribu des Lamellicornes. — S. I.............. 138

— Observations sur le *Pentodon monodon*. — S. I...... 151

— Description d'une nouvelle espèce de Buprestide, *Sphenoptera subcostata*. — S. I.................... 187

— Description d'une nouvelle espèce de Zygia, le *Z. scutellaris*. — S. I................................ 190

— Description d'une nouvelle espèce d'Ammoecius, *A. numidicus*. — S. I................................ 192

— Description d'une nouvelle espèce de Longicorne, le *Phytoecia scapulata*. — S. I.................... 194

— Description d'un nouveau genre et d'une espèce nouvelle de coléoptères, le *Diprosopus melanurus*. — S. I.... 209

— Note sur le *Bostrichus trispinosus* d'Olivier. — S. I... 205

— Description d'un nouveau genre et d'une espèce nouvelle de coléoptères, *Hymenophorus Doublieri*. — S. I.... 201

— Note pour servir à l'histoire des *Anthrax*. — S. II..... 18

— Observation sur quelques espèces de coléoptères du genre Dorcadion. — S. II...................... 50

— Description d'une nouvelle espèce de coléoptère, *Chrysomela Ludovicæ*. — S. IV....................... 18

— Étude sur les coléoptères du genre *Bruchus* qui se trouvent en France. — S. VIII..................... 28

— Monographie des Coccinellides. — S. XV............. 1

— Suite de la monographie des Coccinellides. — S. XVI.. 1

— Fin de la monographie des Coccinellides. — S. XVII... 1

— Notice sur J.-B. Guimet. — S. XIX................... 161

MULSANT et BOURCIER. — Description d'une nouvelle espèce d'Oiseau-Mouche, le *Trochilus pichincha*. — S. 1re série II...................................... 427

MULSANT et GODART. — Description d'un coléoptère inédit, constituant un nouveau genre d'Elatérides, le *Trichophorus Guillebelli*. — S. IV................. 21

MULSANT et GUILLEBEAU. — Description d'un coléoptère inédit constituant un genre nouveau d'Elatérides. — S. IV.. 29

MULSANT et MAYET (Valéry). — Histoire des métamorphoses de diverses espèces de coléoptères. — S. XIX. 313

MULSANT et REY. — Description d'une nouvelle espèce de *Bostrichus*, le *B. Victoris*. — S. II............... 205

— Description d'une espèce nouvelle de Carabique, la *Feronia alpicola*. — S. II............................... 207

— Description d'une nouvelle espèce de Malachie, *Malachius cyanescens*. — S. II............................... 219

— Description de trois coléoptères nouveaux de la famille des Scymniens, *Scymnus alpestris*, *Sc. anomus* et *Coelopterus salinus*. — S. II...................... 221

— Essai d'une division des derniers Mélasomes. — S. II... 226

— Id. (suite) — S. III.......................... 20

— Description d'un coléoptère constituant un genre nouveau de Taxicornes, *Erelus sulcipennis*. — S. IV......... 25

— Suite de l'essai d'une division des derniers Mélasomes, tribu des Pandarites. — S. IV...................... 153

— Description d'un coléoptère inédit de la tribu des Brachélytres, l'*Eugnathus longipalpis*. — S. I... 141

— Description de deux espèces nouvelles de *Cryptocephalus*. — S. I.......................... 145

— Description de quelques coléoptères nouveaux ou peu connus de la tribu des Brachélytres appartenant au genre *Homalota* Erichson. — S. I................. 155

— Coup d'œil sur les insectes de la famille des Cantharidiens, accompagné de la description de plusieurs espèces nouvelles ou peu connues. — S. VIII.............. 122

— Essai d'une division des derniers Mélasomes, famille de parvilabres, quatrième tribu, Opatrites. — S. IX..... 63

— Suite de l'essai d'une division des derniers Mélasomes, — S. X.......................... 1

— Histoire naturelle des Punaises de France. — S. XVIII. 185

— Tableau méthodique des Coléoptères brévipennes. — Famille des Aléochariens. — S. XIX.................. 72

MULSANT et REY. — Les Bolitocharaires. — S. XIX.... 75
— Tribu des Brévipennes. — Famille des Aléochariens. —
    S. XX.. 23
— Brévipennes. — Xantholiniens. — S. XXII........... 217
MULSANT et WACHANRU. — Notes pour servir à l'his-
    toire du *Cyrtonus rotundatus*. — S. 1re série II...... 401
— Description d'une nouvelle espèce de Carabique, *Pro-*
    crustes asperatus. — S. III...................... 366
— Description d'un coléoptère nouveau, *Cryptocephalus*
    gloriosus. — S. III............................. 159
— Première série de coléoptères nouveaux ou peu connus.
    — S. II.. 1
NOLHAC. — De la hache sculptée sur plusieurs monuments
    funèbres. — L. 1re série I 511
NEYRAT (Stanislas). — Du chant du peuple à l'église, can-
    tique et plain-chant (discours de réception). — L. XVII. 51
— Un festival musical en Angleterre. — L. XVIII........ 83
— Quelques jours en Dalmatie et au Montenegro. — L.
    XVIII... 295
— Rapport sur le concours pour le prix Christin et de Ruolz.
    — L. XIX... 219
ONOFRIO. — Essai d'un glossaire des patois de Lyonnais,
    Forez et Beaujolais. — L. IX...................... 247
— Notice sur Jean-Claude Fulchiron. — L. XIII.......... 239
— Compte rendu des travaux de l'Académie en 1873. — L.
    XV... 301
— Id. S. XX...................................... 199
— Les lois positives contre le suicide. — L. XVI......... 253
PARISET. — Étude sur le régime économique intérieur de
    l'industrie de la soie à Lyon (discours de réception). —
    S. XXI... 51
— Rapport sur le concours pour le prix du prince Lebrun.
    — S. XXIV.. 257
PAYOT. — Note sur la végétation de la région des neiges. —
    S. XVII.. 67
PERRET DE LA MENUE. — Recherches historiques et
    archéologiques sur le bouclier (discours de réception).
    — L. XIX... 239
— Coup d'œil sur quelques villes du midi de la France. —
    Orange. — L. XIX................................. 33
— Coutumes romaines. — Gourmandise chez les anciens,
    cuisine et repas. — L. XX........................ 113

PERREY (Alexis). — Documents sur les tremblements de terre et les phénomènes volcaniques au Japon. — S. XII............ 281

PERRIN (Louis). — Des peintures qui décorent les anciens manuscrits. — L. VII............ 17

PERRIN (Théodore). De l'influence des doctrines et de la civilisation sur la musique (discours de réception). — L. IV............ 190

— Discours prononcé sur la tombe du président Durieu. — L. XIII............ 362

— Allocution à J. Collet, lauréat du prix Ampère. — L. XIV. 238

— De l'allaitement maternel dans ses rapports avec la vie physique, morale et sociale. — Analyse de l'ouvrage du Dr Brochard sur la mortalité des nourrissons en France. — S. XV............ 298

— Compte rendu des travaux de l'Académie en 1868. — S. XVII............ 121

— Allocution à l'occasion de l'installation de L. Guillard comme président de la classe des lettres. — S. XVII.. 142

— Étude critique des doctrines médicales régnantes et de la valeur de la statistique appliquée à la médecine. — S. XIX............ 1

— De l'éducation supérieure. — S. XXI............ 96

— De l'allaitement mercenaire considéré comme cause des affections morbides constitutionnelles. — S. XXII.... 109

— De la force psycho-vitale dans ses rapports avec les fonctions physiologiques et les maladies. — S. XXIII..... 1

PERRIS. — Excursion entomologique et botanique dans les grandes Landes. — S. 1re série II............ 433

— Note pour servir à l'histoire des *Phytonomus* et des *Phytobius*. — S. I............ 93

— Note sur les métamorphoses de divers *Agrilus*. — S. I.. 107

PÉTREQUIN. — Essai sur l'histoire de la chirurgie à Lyon (discours de réception). — L. V............ 102

— Fragment sur l'histoire de la littérature médicale au Moyen-Age. — L. V............ 274

— Suite des fragments de littérature médicale. — Hippocrate, Galien, Paul d'Égine. — L. VI............ 105 et 236

— Compte rendu des travaux de l'Académie en 1859. — L. VIII............ 253

— Un épisode de la querelle des anciens et des modernes. — L. IX............ 1

PÉTREQUIN. — Études sur Hippocrate. — Recherches historiques et critiques sur l'opuscule des hémorrhoïdes et sur celui des fistules. — L. IX...................... 161

— Recherches historiques sur les rapports de la chirurgie avec la médecine aux différentes époques. — L. X.... 227

— De l'intervention de la physiologie dans l'interprétation d'un passage controversé des Églogues de Virgile. — L. XI. 193

— Examen critique des divers modes de préparation qu'on fait subir aux eaux minérales dans le but d'en concentrer les éléments minéralisateurs. — S. XIII......... 155

— Vues nouvelles sur l'interprétation chirurgicale d'Hippocrate et sur la détermination des doctrines hippocratiques touchant les luxations du coude. — S. XIV..... 33

— Nouvelles recherches historiques et critiques sur Pétrone et sur les découvertes successives des principaux manuscrits du Satyricon. — L. XIV.................... 1

— Du transport des blessés chez les Anciens, d'après les poètes grecs et latins. — L. XV 1

— Œuvres poétiques d'Eugène Faure, notice biographique et littéraire. — L. XV............................ 225

— Étude littéraire et lexicologique sur le dictionnaire de la langue française de Littré. — L. XV............... 321

— Nouvelles recherches sur la topographie médicale et la statistique de Lyon. — S. XV...................... 113

— L'éthérisation et la chirurgie lyonnaise pour servir à l'histoire de l'anesthésie chirurgicale. — S. XV....... 197

— Nouvelles recherches sur le choix à faire entre le chloroforme et l'éther comme anesthésique. — S. XV...... 242

— Vues nouvelles sur la submersion. — S. XV 276

— Sur un procédé propre à prévenir la suppuration. — S. XV.. 288

— Études nouvelles sur la chirurgie d'Hippocrate.— S. XVI 235

— Des effets croisés dans les lésions traumatiques du crâne, d'après Hippocrate et les autres médecins de l'antiquité. — S. XVI................................... 250

— Vues nouvelles sur la composition chimique du cérumen et son rôle dans les maladies de l'oreille. — S. XVII. 221

— Nouvelles recherches sur la physiologie comparée du cérumen. — S. XVII............................... 309

— Œuvres poétiques d'Eugène Faure. —· Notice biographique et littéraire, deuxième partie. — L. XVI......... 1

PÉTREQUIN. — Conférence sur les ambulances lyonnaises.
— S. XVIII.. 149
— Études médicales sur les eaux minérales de Royat. —
S. XVIII.. 83
— Mémoire sur quelques cas d'anévrysmes traumatiques du
pli du coude. — S. XVIII............................ 51
— Notice historique sur le docteur Corneille Broeckx,
d'Anvers. — S. XVIII............................... 21
— Recherches sur les eaux potables de Clermont-Ferrand.
— S. XVIII... 115
— Du transport des blessés dans les ambulances de siège et
généralement dans les ambulances provisoires. —
S. XIX... 41
— Des eaux minérales de France comparées à celles de
l'Allemagne. — S. XIX.............................. 185
— Recherches expérimentales de thermométrie dans le midi
de la France. — S. XX.............................. 323
— Étude médicale sur les eaux ferrugineuses et particuliè-
rement sur l'eau d'Orezza. — S. XX................. 345
— De l'usage de l'eau minérale de Saint-Galmier comme
eau hygiénique et comme eau de table. — S. XXI.... 43
— Chirurgie d'Hippocrate. — De la détermination des
points de l'aisselle où Hippocrate appliquait le fer
rouge. — S. XXI................................... 167
— La chirurgie d'Hippocrate et la bibliothèque des médecins
grecs et latins. — S. XXI.......................... 179
— Chirurgie d'Hippocrate. — Restitution et interprétation
d'un chapitre jusqu'ici incompris d'Oribase, contenant
un commentaire de Galien sur les luxations du coude.
— S. XXI.. 79
— Chirurgie d'Hippocrate. — Étude comparée des poses
académiques anciennes et modernes et de leur application à la détermination des luxations et spécialement
de celles du coude. — S. XXII..................... 47
PIGEON. — Considérations sur l'état de l'industrie dans les
sociétés modernes. — S. 1re série I................ 393
— Du nouvel orgue construit par Zeiger pour l'église de
Chambéry. — L. 1re série II........................ 93
— De l'utilité, de la puissance et de la rapidité d'action des
freins employés sur les chemins de fer. — S. 1re série II. 125
— Mémoire sur les dunes du golfe de Gascogne. — S. 1re sé-
rie II... 349

PIGEON. — Note sur l'emploi du frein dynamométrique de
Prony. — S. 1re série II............................ 507
POLINIÈRE (de). — Discours d'ouverture à la séance publique du 18 février 1845. — L. 1re série I.......... 197
— Rapport sur le concours ouvert pour l'éloge du maréchal
Suchet. — L. II.................................. 215
— Éloge de Viricel, ancien chirurgien-major de l'Hôtel-
Dieu de Lyon. — S. VII........................... 1
POTTON. — Notice historique sur le docteur J.-J. Richard
de Laprade. — L. X.............................. 133
— Études historiques et critiques sur la vie, les travaux de
Symphorien Champier, et particulièrement sur ses
œuvres médicales. — L. XI 253
— Étude sur la vie et les travaux de Jean-Jacques Ampère.
— L. XIII.. 175
— Prix Jean-Jacques Ampère, fondé par M. et Mme Cheu-
vreux. — L. XIII................................. 172
RASSINIER et LEMBERT. — Observations ozonométriques.
— S. XVI..
REGNAUD. — Les traités de politique sanscrits et la principale vertu des rois d'après les brahmanes. — L. XX. 343
REIGNIER. — De l'intime relation des Beaux-Arts et de
l'Art industriel (discours de réception). — L. XII..... 103
— Rapport sur le concours pour l'histoire de la peinture, de
la sculpture, de l'architecture et de la gravure. —
L. XIII.. 278
— Rapport sur le prix Louis Dupasquier. — L. XVII..... 91
— Id. L. XIX..................................... 43
RÉROLLE (Louis). — Etude sur les mammifères fossiles des
dépôts pampéens de la Plata. — S. XXIV 281
REUCHSEL (Léon). — Étude sur le rôle de la mélodie, du
rhythme et de l'harmonie dans la musique de tous les
peuples de l'Europe. — L. XIX.................... 263
— Fragments de musique ancienne. — L. XIX.......... 357
REY (Claudius). — Voyez Mulsant.
ROLLET. — De l'application du feu à l'hygiène dans les
temps préhistoriques. — S. XXIII.................. 243
ROUGIER (Louis-Auguste). — Eloge du Dr Pravaz (discours
de réception). — L. III........................... 201
— Compte rendu des travaux de l'Académie pendant l'année 1858. — L. VII............................... 260

ROUGIER (Paul). — Considérations sur l'Ordre moral dans
la Société et les devoirs des classes supérieures (dis-
cours de réception). — L. XVI...................... 223
— Essai historique sur l'esprit d'association au moyen-âge.
— L. XVII... 27
— Étude sur le rapport présenté à l'Assemblée nationale
par M. Ducarre au sujet des conditions du travail en
France et des syndicats professionnels. — L. XVIII.. 337
— Les industries du Rhône et de la Loire devant la Com-
mission du tarif des douanes et des traités de com-
merce ; la Soie. — L. XVIII...................... 383
ROUX (Léon). — Sauzet (discours de réception). — L. XVIII. 115
SAINT-JEAN. — Notes et recherches sur l'authenticité du
portrait de Jacques Stella. — L. V................. 99
— De l'influence des Beaux-Arts sur l'industrie lyonnaise.
— L. V.. 208
SAUSSAYE (de la). — Sur les origines de Lyon (discours
de réception). — L. VII............................ 113
— Histoire littéraire de Lyon. — L. VII............... 238
— Id. Suite. — L. IX................................. 181
— Rapport sur le projet d'ériger une statue au marquis de
Jouffroy d'Abbans, et des bustes au Dr Viricel et au
peintre Saint-Jean. — S. XVII..................... 86
SAUZET (Paul). — Allocution à la séance publique du
11 juillet 1854. — L. III........................... 180
— Considérations sur les retraites forcées dans la magis-
trature. — L. IV................................... 5
— Allocution à la séance publique du 3 juillet 1855. —
L. IV.. 163
— Discours prononcé sur la tombe de Menoux. — L. IV.. 281
— Discours prononcé aux obsèques du Dr Amédée Bonnet.
— L. VII.. 157
— Allocution à la séance publique du 15 février 1859. —
L. VII... 169
— Éloge de Chantelauze. — L. VIII.................. 299
— Discours prononcé aux obsèques du Dr Rougier. —
L. XI.. 137
— Éloge de Ravez. — L. XII......................... 1
— Allocution sur Alexis de Jussieu. — L. XIII.......... 91
— Allocution au sujet du prix J.-J. Ampère. — Traits dis-
tinctifs du caractère lyonnais. — L. XIV............ 193
— Notes de souvenirs de la séance publique de l'Académie
de Lyon du 1er août 1871. — L. XV................. 175

SAUZET (Paul). — Le cardinal Billiet. — L. XV. 219
— Hommage à la mémoire de Ludovic Vitet. — L. XVI. . . 185
— Allocution à l'occasion de la remise à M. Sicard du prix
    Louis Dupasquier. — L. XVII. 99
— Allocution prononcée le 13 janvier 1876 en quittant la
    présidence. — L. XVII. 159
— Allocution prononcée aux fêtes de l'inauguration de la
    statue de Châteaubriand. — L. XVII. 105
SERVAN DE SUGNY. — Le paria divin, d'après le Kural,
    livre de l'Inde. — L. II. 23
— L'Abbaye et la Ville de Nantua. — L. VII. 108
SOULTRAIT (de). — Considérations archéologiques sur les
    églises de Lyon (discours de réception). — L. VIII. . . 30
TABOURIN. — Remarques sur les théories de la combus-
    tion. — S. 1re série II. 61
TEISSIER. — La mission sociale de la Médecine (discours
    de réception). — Bulletin I, 1865 116
— Discours prononcé sur la tombe de Louis Guillard. —
    L. XVII 273
— Discours prononcé sur la tombe de Paul Sauzet. —
    L. XVII. 277
— Compte-rendu des travaux de l'Académie en 1876. —
    L. XVII. 283
— Id. S. XXII. 129
— Allocution en prenant possession de la présidence. —
    S. XXII. 1
— Allocution à la séance publique du 25 juillet 1876. —
    S. XXII. 5
— Discours prononcé aux funérailles du Dr Pétrequin. —
    S. XXII 105
— Discours prononcé à l'occasion de la mort de Dumor-
    tier. — S. XXII. 169
THÉVENET. — Sur les gisements aurifères et platinifères
    de l'Orégon. — S. X. 129
TISSERAND. — Théorie de la combustion. — S. 1re sé-
    rie. II. 61
— Histoire abrégée de la médecine vétérinaire (discours de
    réception). — L. IV 225
— Compte-rendu des travaux de l'Académie en 1864. —
    Bulletin I, 1865. 8
TISSEUR (Jean). — Une visite au tombeau de Jacquard,
    poème. — L. II 265

TISSEUR (Jean). — Des affinités de la poésie et de l'indus-
trie. — L. VII.. 198
— La Guerre, idylle grecque. — L. X 355
— Rapport sur le concours pour l'amélioration de la condi-
tion des femmes. — L. XVIII....................... 193
VALENTIN-SMITH. — De la philosophie de la Statistique.
— L. III... 78
— Quelques mots sur l'histoire et la nécessité de la Statis-
tique. — L. III.................................... 110
— Considérations sur la Dombes. — L. V............... 5
— Note sur le danger de l'accroissement des villes par la
dépopulation des campagnes. — L. VI.............. 287
— Considérations sur l'histoire de la Ville et de l'Abbaye
de Nantua. — L. VII.............................. 279
— Notions sur l'origine et le nom des Burgondes et sur
leur premier établissement dans la Germanie. —
L. VIII.. 145
— Notions historiques sur le deuxième établissement des
Burgondes dans la Germanie — L. IX.............. 65
VIALLETON. — Observations météorologiques faites du
1er janvier au 31 décembre 1868 à l'Observatoire fondé
à Thurins par M. Marnas. — S. XVII...............
VIQUESNEL (Aug.). — Coup d'œil sur quelques points de
l'histoire des peuples slaves. — L. XIII.............. 1
WACHANRU. — Voyez Mulsant.
WARD (Jules). — Aperçus sur les origines de la Musique
(discours de réception). — Bulletin I, 1865........... 51
— A propos de liturgie. — L. XII...................... 163
— Des théâtres subventionnés de la province. — L. XIII.. 100
YEMENIZ. — Les Anglais et la Grèce. Premier épisode.
— Parga. — L. XV 121
— Paysages grecs. — La vallée de Lacédémone.— L. XV. 385
— Poésie populaire de la Grèce moderne (discours de ré-
ception). — L. XV................................ 159
— L'Archimandrite, récit des guerres de l'indépendance
grecque. — L. XVII............................... 219
— Les Ducs français d'Athènes. — L. XVIII............ 27

TABLE ALPHABÉTIQUE DES MATIÈRES

Académie, son Histoire, Comptes-rendus de ses travaux.

Histoire de l'Académie, des sciences, belles-lettres et arts de
Lyon, par J. B. Dumas, 2 vol. in-8°, Lyon, 1839.
— par Grandperret. — L. 1re série...................... 5
— au XVIIIe siècle par Francisque Bouillier. — L. V..... 291
Comptes rendus de 1804 à 1841 publiés à part. (Voyez la
liste p. 3).
— du 8 janvier 1844 au 18 décembre 1849, par les secrétaires.
— du 8 janvier 1850 au 23 décembre 1851, par Bineau.
Coup d'œil sur les travaux imprimés de 1845 à 1856, par
Amédée Bonnet. — L. V........................... 184
Compte rendu des travaux en 1858, par Rougier. — L. VII.. 260
— 1859 par Pétrequin. — L. VIII 253
— 1862 par les secrétaires. — L. XI.................. 1 à 76
— 1863   —   —   1 à 60
Bulletin des séances, 1865, par les secrétaires, tome I publié
à part.. 1 à 258
— 1866, tome II publié à part....................... 1 à 162
Compte rendu des travaux en 1868, par Théodore Perrin. —
S. XVII.. 121
— 1869, par Louis Guillard... — S. XVIII.......... ... 1
                —   L. XIV............... 319
— 1872, par Desgranges...... — S. XX................ 1
                —   L. XV............... 197
— 1873, par Onofrio .... — S. XX............... 199
                —   L. XV............... 301
— 1874, par Théodore Aynard. — S. XXI.............. 1
                —   L. XVI.............. 295
— 1876, par Teissier......... — S. XXII............. 129
                —   L. XVII 283
— 1877, par Hignard......... — S. XXIII............ 35
                —   L. XVIII............ 97
— 1878, par Faivre.......... — S. XXIII............ 225
                —   L. XVIII 277
— 1879, par Desjardins....... — S. XXIV 91
                —   L. XIX.............. 71

Compte rendu des travaux en 1880, par Bouchacourt. —
    S. XXIV.. 353
  — L. XX.. 1
  — 1881, par Ferraz......... — S. XXV 317
          —   L. XX................. 385

Procès-verbaux du Comité d'histoire et d'archéologie :
1859-60 par Dareste de la Chavanne. — L. IX............ 123
1860-61   —   L. X............... 115
1862   —   L. XI............... 61
1861 par Martin-Daussigny. — L. X........................ 201
1862-64   —   L. XII 209
1864-67   —   L. XIII................... 296

Discours prononcés par les présidents à l'ouverture des séances
    publiques :
Séance du 18 février 1845 par de Polinière. — L. 1re série I. 197
  —   21 juin 1853   — Menoux. — L. II............ 209
  —   11 juillet 1854 — Sauzet. — L. III............ 180
  —   3 juillet 1855   —   —   L. IV............. 163
  —   22 janvier 1856 — Am. Bonnet. — L. V........ 57
  —   15 février 1859 — Sauzet. — L. VII.......... 169
  —   5 décembre 1865 —   —   L. XIII.......... 89
  —   28 juillet 1868 —   —   L. XIV.......... 193
  —   12 janvier 1869 — L. Guillard. — S. XVII..... 142
  —   3 août 1875   — Sauzet. — L. XVII 99
  —   13 janvier 1876 —   —   L. XVII 159
  —   25 juillet 1876 — Teissier. — S. XXII......... 5

Archéologie, Monuments, Inscriptions.

Aqueduc romain qui amenait à Lyon les eaux de la vallée
    du Gier, par Paul de Gasparin. — S. VI............. 202
Archéologie (qu'est-ce?), par Desjardins. — L. V.......... 194
Archéologie et Beaux-Arts; de leur alliance, par Martin-
    Daussigny. — L. III................................. 227
Autel d'Auguste a Lyon; sa découverte, par Martin-
    Daussigny. — L. XI................................. 111
Batons de main chez les Hébreux et dans l'ancienne Égypte;
    leur usage, par Chabas. — L. XVI................. 385
Bouclier; recherches historiques et archéologiques, par
    Perret de la Menue. — L. XIX................... 239
Colonne itinéraire; un fragment, par Allmer. — L. XIX. 195
Découvertes archéologiques dans le lit du Rhône, par
    Martin-Daussigny. — L. XII...................... 153

Églises de Lyon; considérations archéologiques, par de Soultrait. — L. VIII 30

Hache sculptée sur plusieurs monuments funéraires, par Nolhac. — L. 1re série I 511

Hercule enfant en bronze, par Comarmond. — L. II ... 72

Hôpital des Filles Sainte-Catherine et Aumône générale; découvertes qui y ont été faites en 1859 lors de leur démolition, par Martin-Daussigny. — L. VIII 129

Hôtel-de-Ville de Lyon, par Desjardins. — L. X 35

Inscription découverte dans le lit de la Saône, par d'Aigueperse. — L. VI 305

Inscriptions de quelques monuments, par Allmer. — L. IX. 147

Inscription bilingue trouvée à Genay (Ain), par Guigue. — L. XI 185

Inscription antique trouvée à Genay (Ain), par Allmer. — L. XII 59

Inscription de Sabinius Aquila, retrouvée en 1857, par Martin-Daussigny. — L. VI .... 89 et 127

Lugdunum; son importance et l'étendue de sa colonie, par Jolibois. — L. VI 155

Lunna; son emplacement, par d'Aigueperse. — L. VI 1

Lyre antique trouvée dans la Saône, par L. Guillard. — L. XIII 359

Mineur; son influence sur les progrès de la civilisation, d'après les données archéologiques, par Fournet. — S. XI 217

— Suite. — S. XII 1

Monument gallo-romain; notice sur les ruines trouvées au Jardin-des-Plantes de Lyon, par Comarmond. — L. VI 167

Musées archéologiques de Lyon, par Comarmond. — L. I. 223

Pied gaulois; sa détermination à l'aide des monuments antiques de Lyon et de Vienne, par L.-J. Michel. — S. XIX 126

Statue équestre à laquelle appartient la jambe de cheval en bronze trouvée en 1876 dans la Saône, par Martin-Daussigny. — L. VIII 82

Tombeaux et colonnes antiques découverts dans l'église de Saint-Pierre à Vienne, par Allmer. — L. IX 299

Voie romaine découverte dans le quartier du Jardin-des-Plantes, à Lyon, par Martin-Daussigny. — L. IV 133

Voie romaine, par le même. — L. V 239

Beaux-Arts, Architecture, Histoire de l'Art, Voyages artistiques.

Alpes; Promenades pittoresques, par de Montherot. — L. 1re série. I 367
Architecture religieuse du IVe au XIIe siècle par Bresson. — L. XVIII 209
Art; sa dignité, par Fabisch. — L. VIII 232
Art et Architecture; de leur enseignement, par Louis Dupasquier. — L. 1re série II 69
Beaux-Arts; de leur influence sur l'industrie lyonnaise, par Saint-Jean. — L. V 208
Beaux-Arts et Art industriel; de leur intime relation, par Reignier. — L. XII 103
Beaux-Arts et Archéologie; leur alliance intime, par Martin-Daussigny. — L. III 227
Chant du peuple a l'Église; cantique et plain-chant, par Neyrat. — L. XVII.................................... 51
Civilisation et doctrines; de leur influence sur la musique par Théod. Perrin. — L. IV 190
Dalmatie et Montenegro, par Neyrat. — L. XVIII...... 295
Festival musical en Angleterre, par Neyrat. — L. XVIII.. 83
Gravure en médailles et pierres fines; son histoire, par Guillaume Bonnet. — L. XIV 367
Gravure; son histoire, par Danguin. — L. XIV 283
Grèce et Levant; relation d'un voyage, par Chenavard. — L. 1re série I.................................... 246
Harmoniums de Beaucourt, par Georges Hainl. — L. X.... 253
Hotel-de-Ville de Lyon, par Desjardins. — L. X........ 35
Italie. — Souvenirs de voyages; Rome, par Desjardins. — L. X.. 181
— Souvenirs de voyages; Rome, le mont Palatin, par Desjardins. — L. XV............................ 415
— Souvenirs de voyages; Naples et ses environs, par Desjardins. — L. XVI.......................... 345
— Souvenirs de voyages; Ravenne, par Desjardins. — L. XVII.................................... 115
— Souvenirs de voyages; Florence, par Desjardins. — L. XVII.................................... 163
— Souvenirs de voyages; Venise, par Desjardins.—L. XVII. 363
— Souvenirs de voyages; Ligurie, par Desjardins.—L. XX. 165

Lacédémone, par Yéméniz. — L. XV.................... 385
Moulage a la gélatine, par Louis Dupasquier. — L. 1re série II....................................... 209
Mélodie, rhythme et harmonie; leur rôle dans la musique, par Reuchsel. — L. XIX.................... 263
Musique ; ses origines, par Jules Ward. — Bulletin I, 1865. 51
Musique ancienne; fragments, par Reuchsel. — L. XIX.. 357
Musique populaire, par Émile Guimet. — L. XIV........ 339
Orange; coup d'œil sur quelques villes du midi de la France, par Perret de la Menue. — L. XIX................. 33
Orgues de Beaucourt et de Voegeli, par Grandperret. — L. 1re série II......................... 249
— construit par Zeiger pour l'église de Chambéry, par Pigeon. — L. 1re série II........................ 93
Peintures qui décorent les anciens manuscrits, par Louis Perrin. — L. VII............................. 17
Peinture a l'huile perfectionnée par Jean de Bruges, par Martin-Daussigny. — L. V..................... 264
Peintures antiques relatives au mythe de Daphné, par Hignard. — L. XV.............................. 365
Saint-Bernard; voyage par l'abbé Christophe. — L. XII.. 81
Stella; notes sur l'authenticité de son portrait, par Saint-Jean. — L. V............................... 99
Tableau de Saint-André, donné à l'église Saint-Jean, par L. Guillard. — L. XVI........................ 313
Tableaux de la section des Beaux-Arts, par Desjardins. — L. XVIII.............................. 333
Théatres subventionnés de la province, par Ward. — L. XIII................................... 100
Turquie d'Asie; études de mœurs orientales, par Marmy. — S. XXIV.................................. 37

Biographies, Éloges, Discours prononcés aux obsèques des académiciens décédés.

Ampère (Jean-Jacques); sa vie et ses travaux, par le docteur Potton. — L. XIII........................ 175
Ballanche; sa vie et ses écrits, par Vict. de Laprade. — L. 1re série II............................. 127
Bergasse (Nicolas); par Léop. de Gaillard. — L. X...... 265
Billiet (le Cardinal), par Paul Sauzet. — L. XV........ 219
Blanc Saint-Bonnet. — Éloge par le docteur Bouchacourt. — L. XIX.................................. 235

Bonafous (Mathieu). — Éloge par Cap. — L. III 249

Bonnefont (C.). — Éloge par Martin-Daussigny. — L. IX. 225

Bonnet (Amédée). — Éloge par Barrier. — L. VIII 51

— Discours prononcé aux obsèques du docteur Am. Bonnet, par Sauzet. — L. VII 157

— Discours à l'occasion des obsèques du docteur Am. Bonnet, par Fraisse. — L. VII 165

Boscary de Villeplaine. — Notice par d'Aigueperse. — L. VII 137

Broeckx (Corneille). — Notice par le docteur Pétrequin. S. XVIII 21

Champier (Symphorien). — Études sur sa vie et ses travaux, par Potton. — L. XI 253

Chantelauze. — Éloge par Paul Sauzet. — L. VIII 299

Chateaubriand. — Discours prononcé à l'inauguration de sa statue, par P. Sauzet. — L. XVII 105

Comarmond (Ambroise). — Notice biographique, par d'Aigueperse. — L. VIII 1

Devay. — Éloge par le docteur Bouchacourt. — S. XVII... 147

Devillas. — Éloge par Eichhof. — L. 1re série I 504

Dieu (Théodore). — Discours prononcé à ses obsèques, par Hignard. — L. XVIII 23

Dumas (J-B.). — Sa vie et ses œuvres, par Gilardin. — L. XI 73

— Discours prononcé sur la tombe de Dumas, par Fraisse. — L. XI 105

Dumortier. — Discours prononcé à l'occasion de la mort de Dumortier, par le docteur Teissier. — S. XXII 169

Dupasquier (Alphonse). — Éloge, par Amédée Bonnet. — S. 1re série II 193

Durieu. — Discours prononcé sur la tombe du président Durieu, par Théod. Perrin. — L. XIII 362

Ebray (Théophile). — Notice par Alb. Falsan. — S. XXIV. 207

Faivre (Ernest). — Notice biographique, par Heinrich. — S. XXIV 417

Faure (Eugène). — Notice biographique et littéraire, par Pétrequin. — L. XV 225

— Suite. — L. XVI 1

Fournet. — De son influence sur l'avancement de la minéralogie et de la géologie, par Falsan. — S. XX 219

— Discours prononcé aux obsèques de Fournet, par L. Guillard. — S. XVII 145

FULCHIRON. — Notice biographique, par Onofrio.—L. XIII.   239

GAUTHIER (PH.-AUG.). — Notice, par Fraisse. — S. II.....   5

GENOD. — Discours prononcé sur la tombe de Genod, par
Fraisse. — L. XI...............................   39

GILARDIN. — Sa vie et ses écrits, par Humblot. — L. XVII.   341

GREGORY. — Notice biographique, par Alph. de Boissieu. —
L. II...   84

GROGNIER. — Éloge, par Lecoq. — L. IV................   112

GUBIAN. — Éloge, par Monin. — S. XVII................   205

GUILLARD (LOUIS). — Discours prononcé sur sa tombe, par
le docteur Teissier. — L. XVII.....................   273

— Notice biographique, par L.-J. Michel. — L. XX.......   137

GUIMET. — Notice biographique, par E. Mulsant.—S. XIX.   161

JOUFFROY (DE), VIRICEL et SAINT-JEAN. — Projet de statue
et de bustes pour honorer leur mémoire, par de la
Saussaye. — S. XVII............................   86

JUSSIEU (Alexis DE). — Discours par Paul Sauzet.—L. XIII.   91

LAPRADE (Dr RICHARD DE). — Notice, par Potton. —
L. X...   133

MENOUX. — Discours prononcé sur sa tombe, par Paul
Sauzet. — L. IV...............................   281

MORAND et PERRACHE. — Notice par Martin-Daussigny. —
L. XV..   403

MULSANT (ÉTIENNE). — Sa vie et ses œuvres, par Arn.
Locard. — S. XXV.............................   259

— Discours prononcé aux obsèques de Mulsant, par le
docteur Bouchacourt. — S. XXIV..................   321

NOIROT (L'ABBÉ). — Notice biographique, par Heinrich. —
L. XIX.......................................   123

PERRACHE, CRAPONNE ET DE MONTRICHER. — Fragments
biographiques, par Dumont. — S. XXIV............   177

PERRIN (LOUIS). — Discours prononcé sur sa tombe, par
Fraisse. — Bulletin I, 1865.....................   87

PÉTREQUIN. — Discours prononcé à ses funérailles, par le
docteur Teissier. — S. XXII.....................   105

PIE II, écrivain, par Christophe. — L. XII..............   253

POLINIÈRE (BARON DE). — Éloge par Monfalcon. — S. VIII.   1

PRAVAZ. — Éloge par le docteur Rougier. — L. III.......   201

RAMBAUD. — Notice biographique, par Durieu (Fleury). —
L. IV..   92

RAVEZ. — Éloge par Paul Sauzet. — L. XII.............   1

REVOIL (PIERRE). — Éloge par Genod. — L. XI..........   19

Ritter. — Notice biographique, par Lortet. — L. XI..... 1
Rougier. — Discours prononcé aux obsèques du docteur
    Rougier, par P. Sauzet. — L. XI.................. 137
Saint-Avit. — Notice par de Lagrevol. — L. XI.......... 157
Sauzet (Paul). — Éloge par Léon Roux. — L. XVIII..... 115
    — Discours prononcé sur sa tombe, par le docteur Teissier.
    — L. XVII.. 177
Terme (J.-F.). — Éloge par L. Guillard. — L. III......... 52
Vibert (Victor). — Éloge par Martin-Daussigny. — L. IX. 101
Viricel. — Éloge par le docteur de Polinière. — S. VII... 1
Vitet (Ludovic). — Hommage à sa mémoire, par P. Sauzet.
    L. XVI... 185

Botanique.

Absorption de l'ammoniaque et des azotates par les
    végétations cryptogamiques, par Bineau. — S. III. 369
Effeuillement du murier; études physiologiques, par
    E. Faivre. — S. XXI............................ 15
Fécondation du Geonoma Martii et du Carludovica ro-
    tundifolia, par E. Faivre. — S. XX.............. 337
Flore de l'ile Art, près de la Nouvelle-Calédonie, par
    Montrousier, — S. X........................... 173
Gaz du murier et de la vigne, par Faivre et Dupré. —
    S. XV.. 217
Laticifères et latex pendant la germination de l'embryon
    du *Tragopogon porrifolius*, par E. Faivre.—S. XXIII. 361
Mérule destructeur, champignon parasite des bois de
    construction, par Hénon. — S. IV................ 140
Narcissus Bernardi, par Hénon. — S. IV.............. 5
Ovule du primula sinensis et sa nature morphologique, par
    E. Faivre. — S. XVII........................... 271
Origine des arbres fruitiers et autres végétaux cultivés,
    par Alexis Jordan. — S. II...................... 65
Potiron mamelonné, par Hénon. — S. XV............. 193
Pugillus plantarum novarum, par Alexis Jordan. — S. I. 212
Urnes du Nepenthes destillatorium; leurs fonctions, par
    E. Faivre. — S. XXII 173
Végétation de la région des neiges, par Payot (Venance).
    — S. XVII...................................... 67
Narcissus reflexus; promenade aux Glénans, par Hénon.
    — S. XIII...................................... 177

Œillet superbe; histoire et description, par Hénon. —
 S. VI.. 248

Chimie, Teinture, Eaux potables et minérales.

Acide sulfurique arsenifère; moyens de le purifier, par
 Alph. Dupasquier. — S. 1re série I.................. 315
Ammoniaque; son dosage, par Bineau. — S. I.............. 197
Carbonates terreux et oxydes métalliques; leurs dissolu-
 tions, par Bineau. — S. VII......................... 1
Cerumen de l'oreille; sa composition chimique, par Pé-
 trequin. S. XVII..................................... 221
Chlorure d'or pour apprécier la présence des matières orga-
 niques dans les eaux, par Alph. Dupasquier. — S. 1re
 série II... 17
Combustion; sa théorie, par Tisserand. — S. 1re sér. II.... 61
Eaux pluviales et atmosphère de Lyon; leur composition
 chimique, par Bineau. — S. IV....................... 33
Eaux potables de Clermond-Ferrand, par Pétrequin. —
 S. XVIII... 115
Eaux minérales; examen des procédés de concentration, par
 Pétrequin. — S. XIII................................. 155
Eaux minérales de France comparées à celles de l'Allema-
 gne, par Pétrequin. — S. XIX........................ 185
Eaux ferrugineuses, particulièrement celle d'Orezza, par
 Pétrequin. — S. XX.................................. 345
Eau de Saint-Galmier, par Pétrequin. — S. XXI.......... 43
Eaux minérales de la Savoie; leur classification, par
 Ebray. — S. XV...................................... 338
Eaux minérales de Royat, par Pétrequin. — S. XVIII.... 83
Fonction double (alcool et aldéhyde), de divers acides mo-
 nobasiques, par Loir. — S. XXIV..................... 1
Mannite; son pouvoir rotatoire, par Loir. — S. XXII..... 157
Outremer. — Cahier d'expériences, faites en 1826, par
 J.-B. Guimet, pour sa fabrication. — S. XXIII....... 353
— Note sur les outremers, par Emile Guimet. — S. XXIII. 29
— Note sur la production des outremers de différents mé-
 taux, par de Forcrand et Ballin. — S. XXIII........ 173
— Formation des outremers organiques, par de Forcrand.
 — S. XXIII.. 267
— Recherches historiques sur la découverte de l'outremer
 artificiel, par Loir. — S. XXIII.................... 333

Outremer. — Recherches sur la constitution des outremers, par de Forcrand. — S. XXIV.................... 141

Phosphore; faits pour servir à son histoire, par Alph. Dupasquier. — S. 1re série I.................... 5

Réaction de l'iode et de l'ammoniaque; produits qui en résultent, par Bineau. — S. 1re série I.............. 27

Sucre de canne, par Lortet. — S. IX.................... 1

Teinture des soies en noir, par Michel. — S. X.......... 91

Quinine; nouvelle méthode de dosage, par Glénard et Guilliermond. — S. X.................... 112

Économie politique, Questions sociales et d'intérêt public.

Assistance publique en France et en Angleterre, par Desgranges. — Bulletin I, 1865.................... 240

Banque territoriale hypothécaire; de son utilité, par Duport Saint-Clair. — S. 1re série II................ 241

Chemins de fer; de leurs avantages et inconvénients pour la ville de Lyon, par Chappet. — S. 1re série I....... 45

Chemins de fer de Paris a Marseille, par Bonnardet. — S. 1re série I.................... 201

Dépopulation des campagnes au profit des villes; de ses dangers, par Valentin-Smith. — VI............. 287

— par Durieu. — Bulletin II, 1866.................... 12

Économie politique; de ses tendances actuelles, par Grandperret. — L. 1re série II.................... 193

Enfants trouvés, par Ducarre. — L. XIX.............. 197

— Hospice des enfants trouvés à Canton, par E. Guimet.— L. XVIII.................... 225

Esprit d'association au moyen-âge, par Paul Rougier. — L. XVII.................... 27

France; son avenir, par Delocre. — S. XXIII............ 109

Industrie dans les sociétés modernes, par Pigeon. — S. 1re série I.................... 393

Industrie de la soie; son régime économique intérieur, par Pariset. — S. XXI.................... 51

Industries du Rhône et de la Loire devant la Commission du tarif des douanes et des traités de commerce, par Paul Rougier. — L. XVIII.................... 383

Métaux précieux; leur histoire, par Duport Saint-Clair. — L. 1re série II.................... 421

Oisiveté des jeunes gens appartenant aux classes riches, par Amédée Bonnet. — L. VI.................... 204

ORDRE MORAL dans la Société, par Paul Rougier. — L. XVI. 223
SUICIDE; lois positives pour le réprimer, par Onofrio. —
    L. XVI.. 253
RETRAITES FORCÉES DE LA MAGISTRATURE, par Sauzet. —
    L. IV.. 5
TRAVAIL INDUSTRIEL ET AGRICOLE, par Ducarre. — L. XIX. 1
TRAVAIL EN FRANCE ET SYNDICATS PROFESSIONNELS. —
    Rapport de Ducarre analysé par Paul Rougier. —
    L. XVIII... 337

Géologie, Minéralogie.

ALPES; détails orographiques et géologiques sur la portion
    comprise entre la Suisse et le comté de Nice, par
    Fournet. — S. XIII.................................... 51
— Réponse aux observations de Lory sur les travaux
    relatifs à la géologie des Alpes, par Ebray. — S. XVII. 94
APATITE dans les pegmatites du Lyonnais, par Gonnard. —
    S. XXV... 253
ASSOCIATIONS MINÉRALES du Capucin au Mont-Dore, par
    Gonnard. — S. XXIV.................................... 77
    —   — des trachytes de Riveau-Grand au Mont-Dore,
    par Gonnard. — S. XXIV................................ 161
    —   — dans les granits des bords de la Saône, par
    Gonnard. — S. XXIV.................................... 195
DUMORTIÉRITE; nouvelle espèce minérale dans les granits
    du Lyonnais. — S. XXV................................. 165
DUNES DE GASCOGNE, par Pigeon. — S. 1re série II........ 349
ESTEREL; sur la roche du sommet de cette montagne, par
    Fournet. — Bulletin I, 1865.......................... 91
GITES MÉTALLIFÈRES; programme relatif à leur théorie, par
    Fournet. — S. VII..................................... 165
GRANIT SYÉNITIQUE du Beaujolais; son âge, par Ebray. —
    S. XIV... 325
JURA SEPTENTRIONAL; sa structure, par Fournet. — S. XI. 1
LANGUEDOC, ROUERGUE et AUVERGNE; voyage géologique,
    par Fournet. — Bulletin I, 1865...................... 96
LOYASSE, FOURVIÈRE et SAINT-IRÉNÉE; constitution géo-
    logique, par Falsan. — S. XX.......................... 181
MÉLAPHYRES, SPILITES, BASALTES ET TRAPPS, par Fournet.
    S. IX.. 230
MÉTAUX PRÉCIEUX AU CHILI; leur gisement, par Duport
    Saint-Clair. — S. VI.................................. 240

Minéralogie et Géologie ; ses progrès à Lyon, par Falsan.
— S. XX............ 219

Minette du Rhône, par Ebray. — S. XV............ 182

Mineur ; son influence sur les progrès de la civilisation,
par Fournet. — S. XI.... ....217, et S. XII. 1

Oolithes calcaires ; leur formation, par Fournet. —
S. VII............ 72

Orégon ; gisements aurifères et platinifères, par Thévenet.
S. X............ 129

Palatinat du Rhin ; constitution géologique, formation des
Spilites agatifères, par Fournet. — S. IX............ 287

Rhône ; esquisse géologique, géographique et ethnographique du département, par Fournet. — S. XVI...... 277

Sel marin ; sa diffusion et son rôle dans les phénomèncs
géologiques, hydrographiques et botaniques, par
Fournet. — S. XIV............ 115

Stalactites et couches calcaires ; leur consolidation,
par Fournet. — S. II............ 170

Temps dans les périodes géologiques, par Dumortier. —
Bulletin I, 1865............ 216

Terrain erratique ; instruction pour son étude dans la
partie moyenne du bassin du Rhône, par Falsan. —
S. XVII............ 179

Terrain houiller ; son extension sous les formations secondaires et tertiaires de la France, par Fournet. —
S. V............ 1

— Suite du même ouvrage. — S. VI............ 1

— — de Brassac et de Langeac, par Dorlhac. —
S. IX............ 17

Terrains jurassiques de l'Ardèche ; études stratigra-
phiques, par Ebray. -- S. XIV............ 1

Histoire de la littérature, Comptes-rendus d'ouvrages.

Antiquités et curiosités de Lyon, par Spon, ouvrage
réédité par Monfalcon. — Compte rendu par Martin-
Daussigny. — L. VIII............ 283

Conditions du travail en France, Syndicats professionnels, par Ducarre. — Compte rendu par P. Rougier. — L. XVIII............ 337

Décadence des lettres, des sciences et des arts chez
les Romains, par d'Aigueperse. — L. V............ 66

Exploitations métalliques du Lyonnais, par Poyet. — Rapport par Fournet. — S. XI.................... 122

Géologie du canton d'Anse. — Rapport par Fournet. — S. 1re série II............................... 155

Histoire littéraire de Lyon, par de la Saussaye. — L. VII.... 238

Institut et les Académies de province (l'), par Bouillier. L. VI............................... 130

— Rapport par Caillemer. — L. XVIII.................. 367

Kural, livre indien, par Servan de Sugny. — L. II........ 23

Lettres de Mme de Gérando. — Rapport par Hignard. — L. XIX............................... 111

Manuscrits de la Bibliothèque de Lyon; notices et extraits, par Caillemer. — L. XX.................. 39

Plaidoyer de Cicéron pour Balbus; étude par Jullien.— L. XX................................ 89

Socialisme, naturalisme et positivisme, par Ferraz. — Compte rendu par Caillemer. — L. XVIII.......... 49

Sentiment de la nature avant le Christianisme, par Vict. de Laprade. — Compte rendu par Mollière. — L. XIII......................... 111, et L. XIV. 241

Six premiers siècles littéraires de Lyon, par de la Saussaye. — Rapport par Hignard. — L. XVII...... 343

Théories logiques de Condillac, par Robert. — Rapport par Ferraz. — L. XVII........................ 351

Traités de politique sanscrits, par Regnaud. — L. XX. 343

Travaux de Thibert. — Rapport par Jourdan. — L. 1re série II............................... 49

Travaux géologiques de Thiollière. — Rapport par Fournet. — S. 1re série II 97

Travaux de Chabas sur les temps de l'Exode. — Rapport par Guimet. — L. XVII............... 39

Travaux scientifiques de Delore. — Rapport par Desgranges. — S. XXV......................... 153

Travaux archéologiques de Flouest, par Desjardins. — L. XVIII............................... 67

Histoire.

Antiquités ecclésiastiques; utilité de leur étude, par Jolibois. — L. V............................ 86

L'Archimandrite ; récits des guerres de l'indépendance grecque, par Yéméniz. — L. XVII................. 219

Anglais et la Grèce (les) ; premier épisode. — Parga, par Yéméniz. — L. XV..................................... 121

Athènes ; les ducs français, par Yéméniz. — L. XVIII.... 27

Artur de richemont ; lettres inédites aux Conseillers de la ville de Lyon, par Gauthier. — L. VIII............. 105

Bataille de Wimpfen ; note sur une relation de ce combat, par Charvériat. — L. XX............................. 259

Bouclier (le) ; recherches historiques, par Perret de la Menue. — L. XIX................................... 239

Burgondes ; notions sur leur nom, leur origine et leur premier établissement dans la Germanie, par Valentin-Smith. — L. VIII..................................... 145

— Notions sur leur deuxième établissement, par le même auteur. — L. IX................................... 65

— Établissement des Burgondes dans le Lyonnais, par Caillemer. — L. XVIII............................... 1

Chine ancienne, par Allégret. — S. XXV............... 173

Civilisation ; ses progrès, par Eichhoff. — L. 1re II....... 361

Constitution de Cologne au moyen-age, par Charvériat. — L. XX.. 287

Coutumes romaines ; gourmandise, cuisine, repas, par Perret de la Menue. — L. XX............................ 113

Croisades et Viennet, par l'abbé Christophe. — L. XII.. 191

Dombes ; considérations historiques, par Valentin-Smith. — L. V.. 5

Éducation d'un prince allemand à la fin du XVIe siècle, par Charvériat. — L. XX. 25

États-généraux de France et parlements d'Angleterre ; étude comparative, par Boullée.— L. 1re série I. 209

Fille de bayart ; notes historiques et généalogiques, par Morin-Pons. — L. XVII............................ 242

Guerres de religion ; études, par le vicomte de Meaux. — L. XII... 229

Histoire romaine ; essai sur quelques chiffres, par d'Aigueperse. — L. IX..................................... 49

Histoire et statistique ; utilité de celle-ci, par Valentin-Smith. — L. III.................................... 110

Journalisme ; ses origines en Allemagne, par Charvériat. — L. XIX... 97

Lugdunum ; importance et étendue de sa colonie, par Jolibois. — L. VI.. 155

Lyon après le IX thermidor, par J. Morin. — L. VI.... 46

MEXIQUE ; origine de ses anciens peuples, par Jolibois. —
  L. XV.. 115
MYTHOLOGIE DU NORD ; essai par Eichhoff. — L. I........... 5
NANTUA ; histoire de la ville et de l'abbaye, par Valentin
  Smith. — L. VII...................................... 279
NANTUA ; histoire de la ville et de l'abbaye, par Servan de
  Sugny. — L. VII...................................... 108
NINIVE ET PERSÉPOLIS ; étude par Eichhoff. — L. I........ 151
  —   —   suite. — L. II.   1
PARLEMENTS ; de leur rôle politique d'après l'histoire du Par-
  lement de Bourgogne, par Gilardin. — L. XII........ 283
PHILOSOPHIE DE L'HISTOIRE, par Gilardin. — L. V........ 318
PLANCUS LUG. MUN.; est-il le premier fondateur de la ville
  de Lyon, par J. Morin. — L. III.................... 33
POLOGNE ; son démembrement, par François. — L. 1re série I. 5
PONCE ; sur les deux évêques de Mâcon portant ce nom, par
  Guigue. — L. XX.................................... 263
RÉVOLUTION DE SUÈDE EN 1772; documents inédits, par
  de Montherot. — L. VI............................. 25
SARMATES ET VENÈDES ; par Eichhoff. — L. 1re série I..... 334
SCYTHES, par Eichhoff. — L. 1re série I.................. 137
SLAVES, par Eichhoff. — L. 1re série I.................. 395
SLAVES ; coup d'œil sur quelques points de leur histoire, par
  Viquesnel. — L. XIII............................... 1
TURQUIE ET PUISSANCES OCCIDENTALES au commencement
  du XVIe siècle, par Dareste de la Chavanne. — L. V.. 155
VILLEROY (les), par Morin-Pons. — L. X................. 169

Industrie, Agriculture.

APPLICATION DES SCIENCES A L'INDUSTRIE, par J.-B. Guimet.
  — S. 1re série II.................................. 231
BOIS DE CHATAIGNIER POUR REMPLACER L'ÉCORCE DE CHÊNE
  DANS LA TANNERIE, par Michel. — S. XIV.......... 313
CONCOURS RÉGIONAL D'ANNECY, rapport par Jourdan. — Bul-
  letin I, 1865...................................... 150
INDUSTRIE ; son état dans les sociétés modernes, par Pigeon.
  — S. 1re série I................................... 393
MACHINE CYLINDRIQUE DITE RAME-ARGOUD. — Rapport
  par Chenavard. — S. 1re série II............. 115 et 121
OUTREMER, par Ém. Guimet. — S. XXIII................. 29
TEINTURE DES SOIES EN NOIR, par Michel. — S. X........ 91

Tissu de la fabrique lyonnaise, rapport par Chenavard. — L. 1re sér. II.. 41

Littérature, Critique littéraire, Linguistique.

Anciens et modernes ; un épisode de la querelle, par Pétrequin. — L. IX... 1
Etude du grec, par Hignard. — L. XV................... 97
Esprit lyonnais ; de ses aptitudes spéculatives et esthétiques, par Ant. Mollière. — L. XII................ 121
Dictionnaire de la langue française de Littré, remarques par Pétrequin. — L. XV........................ 321
Horace ; note sur un passage de ce poète, par Hignard. — L. XVII... 265
Légende indienne sur la vie future, par Eichhoff. — L. V.. 224
Légende de Don Juan, par Heinrich. — L. VI........... 184
Malheurs des poètes épiques, par Eichhoff. — L. 1re série II... 57
Patois du Lyonnais, Forez et Beaujolais ; essai d'un glossaire, par Onofrio. — L. IX....................... 247
Pétrone et le Satyricon, recherches par Pétrequin. — L. XIV.. 1
Poésie et style au XVIIIe siècle, par Vict. de Laprade. — L. V.. 165
Poésie et industrie ; leurs affinités, par J. Tisseur. — L. VII.. 198
Poésie populaire de la Grèce moderne, par Yéméniz. — L. XV... 159
Théogonie d'Hésiode, par Hignard. — L. XVIII......... 259
Tragédie antique ; son esprit moral, par Legeay. — L. 1re série II... 115
Traités de politique sanscrits, par Regnaud. — L. XX. 343

Mathématiques, Astronomie, Mécanique.

Astronomes grecs ; découverte faite par eux des mouvements réels de la Terre, par Joseph Bonnel. — S. XXII... 15
Astronomie au Moyen-Age, par Joseph Bonnel. — S. XXIII. 275
Calendrier cophte ; traduit de l'arabe et annoté, par Lortet. — S. II...................................... 209

Calendrier, études par Allégret. — S. XXIV............ 15

Formule d'analyse, par Frenet. — S. VII.............. 222

Freins employés sur les chemins de fer ; de leur utilité, de leur puissance et rapidité d'action, par Pigeon. — S. 1re série II................................... 125

Frein dynamométrique de Prony ; remarques sur son emploi, par Pigeon. — S. 1re série II.............. 507

Machines a vapeur ; relation entre leur force et la dimension des chaudières, par Estaunié. — S. IX......... 33

Mathématiques ; leur histoire, par Dieu. — Bulletin II, 1866.................................. 83

Mécanique ; note sur une question, par Dieu. — S. XXII... 282

Mercure ; observation de son passage sur le Soleil faite à Ogden le 6 mai 1878, par André. — S. XXIV........ 261

Mesures de longueur et de superficie avant l'adoption du système métrique, par L.-J. Michel. — S. XXIII.. 117

Méthode en géométrie, perfectionnement par Briot. — S. 1re série II................................ 429

Mouvement d'un point matériel eu égard à la rotation diurne, par Dieu. — S. XIX....................... 265

Mouvement d'un point matériel assujetti à rester sur une surface fixe, eu égard au frottement, par Dieu. — S. XX..................................... 277

Nivellement de la France, par L.-J. Michel. — S. XIX.. 299

Observatoire de Paris ; sur son déplacement, par Dieu. — S. XVI................................... 369

Périodes ; leur utilité dans le calcul des éclipses de Soleil mentionnées par les anciens historiens, par Allégret. — S. XXV.................................. 189

Ponts ; note historique sur l'art de les fonder, par Théod. Aynard. — Bulletin II, 1866..................... 99

Propriétés d'un système de droites dont chacune correspond a un point déterminé de l'espace, par Bouquet. — S. 1re série II........................ 385

Sommation d'une certaine classe de séries, par Frenet. — S. VII................................... 59

Théorie analytique des surfaces, par Frenet. — S. III.. 5

Médecine, Chirurgie, Hygiène, Physiologie.

Accouchement de Thamar, par Imbert. — S. 1re série I... 349

Allaitement maternel ; son influence physique, morale et sociale, par Théod. Perrin. — S. XV............ 298

ALLAITEMENT MERCENAIRE; cause d'affections morbides constitutionnelles, par Théod. Perrin. — S. XXII.... 109

AMBULANCES LYONNAISES, par Pétrequin. — S. XVIII..... 149

AMBULANCES DE SIÈGE; transport des blessés, par Pétrequin. — S. XIX.................................. 41

ANÉVRYSME TRAUMATIQUE DU PLI DU COUDE, par Pétrequin. — S. XVIII................................... 51

APPLICATION DU FEU A L'HYGIÈNE dans les temps préhistoriques, par Rollet. — S. XXIII................... 243

BLESSÉS; leur transport chez les anciens d'après les poètes grecs et latins, par Pétrequin. — L. XV........... 1

CÉRUMEN DE L'OREILLE; recherches de physiologie comparée, par Pétrequin. — S. XVIII................... 309

CHIRURGIE A LYON; essai sur son histoire, par Pétrequin. — L. V.. 102

DOCTRINES MÉDICALES; statistique appliquée à la médecine, par Théod. Perrin. — S. XIX.................... 1

EGLOGUES DE VIRGILE; intervention de la physiologie pour interpréter un passage, par Pétrequin. — L. XI...... 193

ETHÉRISATION CHIRURGICALE, par Pétrequin. — S. XV.... 197

ETHER ET CHLOROFORME; du choix à faire entre ces deux substances anesthésiques, par Pétrequin. — S. XV... 242

FORCE PSYCHO-VITALE; ses rapports avec les fonctions physiologiques et les maladies, par Théod. Perrin. — S. XXIII.................................... 1

HIPPOCRATE; recherches sur le traité des hémorrhoïdes et sur celui des fistules, par Pétrequin. — L. IX....... 161

— Interprétation chirurgicale; sa doctrine sur les luxations du coude, par Pétrequin. — S. XIV........... 33

— Études nouvelles sur sa Chirurgie, par Pétrequin. — S. XVI.................................... 235

— Son opinion sur les effets croisés dans les lésions traumatiques du crâne, par Pétrequin. — S. XVI........ 250

— Détermination des points de l'aisselle où il appliquait le fer rouge, par Pétrequin. — S. XXI.............. 167

— Chirurgie d'Hippocrate et bibliothèque des médecins grecs et latins, par Pétrequin. — S. XXI........... 179

HYGIÈNE DE L'ENFANCE, par Berne. — S. XX........... 291

INFLAMMATION; sa théorie, par Brachet. — S. I.......... 5

LITTÉRATURE MÉDICALE. — Hippocrate, Galien, Paul d'Egine, par Pétrequin. — L. VI............ 105 et 236

— Au Moyen-Age, par Pétrequin. — L. V.............. 274

Littérature médicale. — Restitution et interprétation d'un chapitre incompris d'Oribase, contenant un commentaire de Galien sur les luxations du coude, par Pétrequin. — S. XXI. ... 79

— Poses académiques appliquées à la détermination des luxations, spécialement à celles du coude, par Pétrequin. — S. XXII. ... 47

Mariages entre consanguins ; leurs dangers, par Fr. Devay. — S. X ... 255

Médecine ; sa mission sociale, par Teissier. — Bulletin I, 1865. ... 116

Médecine vétérinaire ; histoire abrégée, par Tisserand. — L. IV ... 225

Phosphore ; effets de ses émanations sur les ouvriers employés à sa fabrication, par Alph. Dupasquier. — S. 1re série I. ... 369

Rapports de la Chirurgie avec la Médecine, par Pétrequin. — L. X ... 227

Sens des couleurs ; documents historiqués, réfutation des doctrines de Gladstone et de Magnus, par Dor. — S. XXIII. ... 181

Submersion ; vues nouvelles, par Pétrequin. — S. XV. ... 276

Suppuration ; procédé pour la prévenir, par Pétrequin. — S. XV. ... 288

Topographie médicale de Lyon, par Pétrequin. — S. XV. ... 113

Unité de la Médecine, par Brachet. — S. VI. ... 162

Météorologie, Physique, Hydrographie.

Coloration des nuàges, par Fournet. — S. II. ... 162

Coloration de la lune et du soleil, par Fournet. — S. VIII. ... 1

Coloration bleue des astres, par Fournet. — S. IX. ... 156

Comparaison graphique et mathématique des continents de l'ancien monde, par Lortet. — S. I. ... 77

Concavité bourguignonne ; influence de sa structure et de son régime pluvial sur les inondations de Lyon, par Fournet. — S. IX. ... 50

Couleur bleue de la lumière à travers une feuille d'or, par Alph. Dupasquier. — S. 1re série I. ... 337

Densité des vapeurs surchauffées du soufre, du phosphore et de l'arsenic, par Bineau. — S. X. ... 69

ELECTRICITÉ MÉTÉORIQUE; classification de ses phénomènes, par Fournet. — S. XVI................................. 113

FLEUVES; variations séculaires de leur régime, par Fournet. — S. XI.. 75

FOUDRE; distribution de ses coups à Lyon, par Fournet. — S. II.. 168

HYDROGRAPHIE SOUTERRAINE, par Fournet. — S. VIII..... 221

OBSERVATIONS, par Frenet, du 1er décembre 1851 au 1er décembre 1853. — S. III................................. 177

— du 1er décembre 1853 au 1er décembre 1855. — S. VI... 263

ÉTUDES MÉTÉOROLOGIQUES faites à l'Observatoire de Lyon, par Drian. — S. III.................................. 226

OBSERVATIONS, par Drian, du 1er décembre 1853 au 1er décembre 1855. — S. VI.............................. 312

— du 1er décembre 1855 au 1er décembre 1857. — S. VIII.. 73

—   —   1857   —   1859. — S. X..... 273

—   —   1855   —   1860. — S. XI.... 97

—   —   1860   —   1862. — S. XIII.. 1

—   —   1862   —   1864. — S. XIV .. 65

—   —   1864   —   1865. — S. XV.

—   —   1865   —   1866. — S. XVI.

OBSERVATIONS, par Maurice, du 1er décembre 1866 au 1er décembre 1867. — S. XVII.

OBSERVATIONS, par Lafon, du 1er décembre 1867 au 1er décembre 1868. — S. XVII.

— du 1er décembre 1868 au 1er décembre 1869. — S. XVIII.

—   —   1869   —   1871. — S. XIX.

—   —   1871   —   1872. — S. XX.

—   —   1872   —   1873. — S. XXI.

—   —   1874   —   1875. — S. XXII.

—   —   1875   —   1878. — S. XXIII.

Résumé des observations météorologiques faites dans la partie supérieure du bassin du Rhône, par Lafon. — S. XXIII.. 73

OBSERVATOIRE MÉTÉOROLOGIQUE DE SAINT-GENIS-LAVAL, par André. — S. XXIII................................. 53

OBSERVATIONS MÉTÉOROLOGIQUES faites à Thurins (Rhône), par Vialleton, du 1er janvier au 31 décembre 1868. — S. XVII...

OMBRES COLORÉES qui se manifestent en diverses saisons, par Fournet. — S. IX.................................. 165

OZONOMÉTRIE; résumé des observations de juin 1855 à mars 1857, par Bineau. — S. VII............................. 225

Ozonométrie — Observations par Rassinier et Lembert. —
S. XVI..

Pluies et neiges en 1879, par André. — S. XXIV........   229
—   —   en 1879-80, par André. — S. XXV......

Pluies de boue dans la région lyonnaise, par Arn. Locard. — S. XXIV.................................   201

Pluie de terre tombée dans la Drôme, Isère, Rhône et
Ain, par Alph. Dupasquier. — S. 1re sér. II........   7

Pouvoir rotatoire de la mannite, par Loir. — S. XXII..   157

Température anormale de certaines sources, par Fournet. — S. 1re sér. II.............................   61

Tempêtes hibernales de l'algérie, par Fournet. — S.
VII...   237

Thermométrie expérimentale dans le Midi de la France,
par Pétrequin. — S. XX..........................   323

Tremblements de terre de Bourbonne, par Delaissement.
— S. XI..   195

Tremblements de terre au Japon, par Alexis Perrey. —
S. XII...   281

Philosophie.

Affaiblissement de la raison par suite de l'enseignement
depuis le XVIIIᵉ siècle, par Blanc-Saint-Bonnet. —
L. II..   100

Ame pensante et principe vital ; leur unité, par F. Bouillier. — L. VII..................................   25

Animisme et vitalisme, par le Dʳ Richard de Laprade. —
L. IX..   209

Aptitudes spéculatives et esthétiques de l'esprit lyonnais, par Ant. Mollière. — L. XII..................   121

Cartésianisme de Bossuet, par Fr. Bouillier. — L. II....   29

Education supérieure, par Théod. Perrin. — S. XXI....   96

Infini ; étude sur sa notion, par Blanc-Saint-Bonnet.—L. V.   138

Infini ; examen de la doctrine du Père Gratry, par Gilardin. — L. XI...................................   145

Intelligence humaine, par Guinand. — L. XVII.........   1

Hypothèse cartésienne des Bêtes-Machines, par Fr.
Bouillier. — L. 1re sér. II........................   21

Maine de Biran ; sa vie et ses doctrines, par Ferraz. — L.
XVII..   73

Métaphysique du Droit, par Ant. Mollière. — L. XIX....   49

Offices de Cicéron, par Bouillier. — L. IV.............. 69
Philosophie de la Statistique, par Valentin-Smith. — L.
    III 78
Rapports de la Liberté et de la Propriété, par Fr.
    Bouillier. — L. 1re série II...................... 225
Rapports du Langage avec la Pensée, par Fr. Bouillier.
    — L. 1re série I................................ 117
Révolution philosophique du XVIIIe siècle ; ses causes,
    par Fr. Bouillier. — L. III...................... 5
Surnaturel et Mysticisme, par Gilardin. — L. X....... 1

Philosophie et Histoire de la science.

Ame pensante et principe vital, par Fr. Bouillier. — L.
    VII... 25
Animisme et vitalisme, par le Dr Richard de Laprade. —
    L. IX.. 209
Espèce ; limites de sa variabilité, par E. Faivre. — S. XIII. 247
Foi dans la science, par Lortet. — S. III............... 161
Fleuves et leur influence, par Lortet. — S. 1re série II. 33
Génération spontanée, par E. Faivre. — S. X.......... 154
Rapports de l'homme avec la nature, par Lortet. — L.
    VIII... 201
Sciences naturelles et naturalistes lyonnais, par
    Arn. Locard. — S. XXIV......................... 325
Session tenue en 1868 par l'Association britannique pour
    l'avancement des sciences, par E. Faivre. — S. XVII. 100
Superstition dans les sciences, par Lortet. — S. II.... 209
Unité de l'espèce et de la langue dans l'humanité, par
    Lortet. — L. 1re série II........................ 377

Poésie.

Bonheur (le) ; épître à un ami, par Benoît. — L. 1re série I. 177
Épître satirique au sieur Bourget, ex-épicier, par Benoit.
    L. IV.. 40
Guerre (la) ; idylle grecque, par Jean Tisseur. — L. X.... 355
Hymne a Dieu, traduction par Eichhoff. — L. II.......... 68
Jacquard ; visite à son tombeau, par J. Tisseur. — L. II... 265
Jeanne d'Arc ; récit de sa mort, par Gunet. — L. IX...... 39
Longévité humaine, par de Montherot. — L. IV.......... 269
Lyon (à), par Victor de Laprade. — L. VII............... 234

Œuvres poétiques d'Eugène Faure, avec notice, par
    Pétrequin. — L. XV... 225
— Suite. — L. XVI... 1
Poésie héroïque des Indiens, par Eichhoff. — L. III..... 145
— Suite. — L. IV... 56

Zoologie.

Insectes :

Agrilus ; leurs métamorphoses, par Perris. — S. I........ 107
Aleochariens, par Mulsant et Rey. — S. XIX............. 72
— Suite. — S. XX... 23
Ammoecius numidicus, nouvelle espèce, par Mulsant. —
    S. I... 192
Anthrax ; note pour servir à leur histoire, par Mulsant. —
    S. II.. 18
Aphodius luridipennis et Eremazus unistriatus, coléop-
    tères nouveaux, par Mulsant. — S. I................. 138
Bolitocharaires, par Mulsant et Rey. — S. XIX......... 75
Bostrichus trispinosus, par Mulsant. — S. I............ 205
Bostrichus Victoris, nouvelle espèce, par Mulsant.— S. II. 205
Bruchus ; sur les espèces de ce genre qui vivent en France,
    par Mulsant. — S. VIII............................... 28
Brachélytres nouveaux ou peu connus, par Mulsant et
    Rey. — S. I.. 155
Callimus abdominalis, par Mulsant. — S. 1re série II..... 417
Cantharidiens ; coup d'œil sur cette famille, description
    d'espèces nouvelles ou peu connues, par Mulsant et
    Rey. — S. VIII....................................... 122
Ceratoderus graniger, coléoptère nouveau, par Mulsant.
    — S. I.. 1
Chrysomela Ludovicæ, nouvelle espèce de coléoptère, par
    Mulsant. — S. IV..................................... 18
Clytus lama, coléoptère nouveau, par Mulsant. — S. 1re sé-
    rie II.. 421
Coccinellides ; monographie, par Mulsant. — S. XV..... 1
— Suite. — S. XVI.. 1
— Fin. — S. XVII... 1
Coléoptères nouveaux ou peu connus, par Mulsant et
    Wachanru. — S. II.................................... 1
Crepidophorus anthracinus, coléoptère nouveau, par Mul-
    sant et Guillebeau. — S. IV.......................... 29

— 58 —

CRYPTOCEPHALUS MARIÆ et LEPIDUS; espèces nouvelles, par Mulsant et Rey. — S. I.............................. 145

CRYPTOCEPHALUS GLORIOSUS, coléoptère nouveau, par Mulsant et Wachanru. — S. III.......................... 159

CYCLOTOMA TESTUDINARIA et OPETIUS FASCIOLATUS, par Mulsant. — S. I..................................... 69

CYRTONUS ROTUNDATUS, par Mulsant et Wachanru. — S. 1re série II.................................... 401

DIPROSOPUS MELANURUS; espèce nouvelle, par Mulsant. — S. I..................................... 209

DORCADION; observations sur quelques espèces, par Mulsant. — S. II..................................... 50

ERELUS SULCIPENNIS, coléoptère formant un genre nouveau, par Mulsant et Rey. — S. IV.................... 25

EUGNATHUS LONGIPALPIS, coléoptère inédit, par Mulsant et Rey. — S. I.............................. 143

FERONIA ALPICOLA; nouvelle espèce de Carabiques, par Mulsant et Rey. — S. II.......................... 207

HELOBIUS NOTICOLLIS, coléoptère nouveau, par Mulsant. — S. I..................................... 75

HYMENOPTERUS DOUBLIERI; espèce nouvelle, par Mulsant. — S. I..................................... 201

LANDES; excursion entomologique, par Perris. — S. 1re série II.................................... 433

LONGICORNES nouveaux ou peu connus, par Mulsant. — S. I. 122

MALACHIUS CYANESCENS; espèce nouvelle, par Mulsant. — S. II..................................... 219

MELASOMES; essai d'une division, par Mulsant et Rey. — S. II..................................... 226

— Suite. — S. III..................................... 20

— Suite. — Tribu des Pandarites. — S. IV............... 153

— Suite. — Tribu des Opatrites. — S. IX............... 63

— Suite. — Opatrites. — S. X........................ 1

MÉTAMORPHOSES de divers Coléoptères, par Mulsant et Valéry Mayet. — S. XIX.......................... 313

PENTODON MONODON, par Mulsant. — S. I............... 151

PHYTOECIA SCAPULATA; nouvelle espèce de Longicorne, par Mulsant. — S. I..................................... 194

PROCUSTES ASPERATUS; nouvelle espèce de Carabique, par Mulsant et Wachanru. — S. III...................... 366

PUNAISES DE FRANCE, par Mulsant et Rey. — S. XVIII.... 105

Scymnus alpestris, anomus, Coelopterus salinus; espèces nouvelles de la famille des Symniens, par Mulsant
et Rey. — S. II... 221
Sphenoptera subcostata; nouvelle espèce de Buprestide,
par Mulsant. — S. I.. 187
Trichophorus Guillebeli; espèce nouvelle d'Elatéride,
par Mulsant et Godart. — S. IV.................................. 21
Xantholiniens, par Mulsant et Rey. — S. XXII................... 217
Zygia scutellaris; espèce nouvelle, par Mulsant. — S. I.. 190

Mammifères et Mollusques fossiles et vivants :

Ammonites de la zone à A. tenuilobatus de Crussol (Ardèche),
par Dumortier et Fontannes. — S. XXI........................... 187
Démembrement du genre Glypticus, par Ebray. —
S. XIX... 69
Félide fossile, par Jourdan. — Bulletin II, 1866............... 26
Mammifères fossiles des dépôts pampéens de la Plata,
par Rérolle. — S. XXIV... 281
Catalogue des mollusques vivants, terrestres et aqua-
tiques du département de l'Ain, par Arn. Locard. —
S. XXV... 1

Oiseaux :

Trochilus pichincha, espèce nouvelle d'oiseau-mouche, par
Bourcier et Mulsant. — S. 1re série II......................... 427

Reptiles et poissons :

Cestracions, par Jourdan. — S. XVII............................ 303
Pluie de Crapauds. — S. XVII................................... 307

Rapports sur les concours.

Prix annuel fondé par le prince Lebrun. — Médaille d'une valeur
de 300 fr. accordée aux inventeurs de procédés apportant un
perfectionnement à l'une des industries lyonnaises.
Rapport par Chenavard. — L. 1re série I........................ 205
    —   Bineau. — S. VII.................................. XXXIII
    —   Bineau. — L. VII.................................. 94
    —   Dieu. — S. XXII................................... 39
    —   Michel. — S. XXIII................................ 163
    —   Pariset. — S. XXIV................................ 257
    —   Allégret. — S. XXV................................ 39

Prix annuel fondé par Christin et de Ruolz. — Récompense de
300 fr. accordée à l'auteur d'un mémoire sur une question
scientifique ou artistique, mise au concours par l'Académie.
Rapport par Neyrat. — L. XIX........................ 219

Prix annuel fondé par Louis Dupasquier. — Récompense de
500 fr. accordée pour travaux relatifs à l'Architecture ou aux
Beaux-Arts, à un élève de l'École des Beaux-Arts de Lyon, âgé
au plus de trente-cinq ans.
Rapport par Bresson. — L. XVI......................... 309
  —   Fabisch. — L. XVII........................ 239
  —   Reignier. — L. XVII....................... 91
  —   Desjardins. — L. XVIII.................... 231
  —   Danguin. — L. XVIII...................... 183
  —   Reignier. — L. XIX....................... 43
  —   Danguin. — L. XIX....................... 213
  —   Danguin. — L. XX........................ 355

Prix triennal fondé par la famille Ampère-Cheuvreux. — Subven-
tion de 1,800 fr. par an, pendant trois ans, à un jeune homme
sans fortune, né dans le département du Rhône, et ayant donné
des preuves d'une aptitude spéciale pour les Sciences, les Lettres
ou les Beaux-Arts.
Rapport par Potton. — L. XIII....................... 172
  —   Faivre. — L. XIV....................... 233
Allocution par Théod. Perrin. — L. XIV............... 238
  —   Paul Sauzet. — L. XV..................... 175
Rapport par Ferraz. — L. XVIII....................... 189
  —   Fabisch. — L. XIX....................... 205

Prix quadriennal fondé par le docteur Herpin. — Récompense
de 1,200 fr. à l'auteur de travaux physico-chimiques s'appliquant
à l'une des branches de l'industrie lyonnaise.
Rapport par Bonnel. — S. XXIV....................... 133

Médailles données par Fulchiron pour récompenser des chefs
d'atelier qui se sont fait remarquer par leur bonne conduite et
leur habileté.
Rapport par Grandperret. — L. 1re série................. 200

Concours sur les avantages et inconvénients pour la ville de Lyon de l'établissement des chemins de fer. — Rapport par Bonnardet. — S. 1re série I...................... 104

Concours sur les causes locales qui nuisent à la fabrique de Lyon. — Rapport par Grégory. — S. 1re série I...... 177
— pour l'histoire des associations ouvrières. — Rapport par Dareste de la Chavanne. — L. XI............... 45
— sur les moyens d'atténuer pour les ouvriers en soie les effets des crises. — Rapport par J. Morin. — L. IV.... 177
— sur la question du salaire des femmes. — Rapport par J. Morin. — L. VIII................................ 9
— pour l'amélioration de la condition des femmes. — Rapport par J. Tisseur. — L. XVIII.................... 193

Concours sur l'éloge de Châteaubriand. — Rapport par Grandperret. — L. 1re série II........................... 401
Idem. — Rapport par Bonnardet. — L. I 227
Concours sur l'éloge de Benjamin Delessert. — Rapport par Bonnardet. — L. 1re série II..................... 255
— L'éloge de Mme Récamier. — Rapport par L. Guillard.— L. III..................................... 81
— L'éloge de Mathieu Bonafous. — Rapport par Hénon. — L. III................................ 195
— L'éloge d'Adélaïde Perrin. — Rapport par L. Guillard. L. XVI................................... 321
— L'éloge du maréchal Suchet. — Rapport par de Polinière. — L. II.................................. 215

Concours de poésie en 1857. — Rapport par Dareste de la de la Chavanne. — L. VI......................... 66
Concours de poésie en 1861. — Rapport par Gilardin.— L. X. 75
— sur Jacquard. — Rapport par Victor de Laprade. — L. II..................................... 249

Concours de géographie historique. — Rapport par Dareste Chavanne. — L. VII........................... 100

Concours pour l'histoire de la peinture, de la sculpture et de la gravure. — Rapport par Reignier. — L. XIII... 278

Concours pour l'histoire de la peinture, de la sculpture et
de la gravure. — Rapport par Martin-Daussigny. —
Bulletin I, 1865 24
— sur le projet d'érection d'une statue au marquis de
Jouffroy, de bustes du docteur Viricel et du peintre
Saint-Jean. — Rapport par de Soultrait. — S. XVII.. 86

Concours pour l'histoire des institutions municipales de Lyon.
— Rapport par Caillemer. — L. XX............... 359

SOCIÉTÉS CORRESPONDANTES

France.

Ain. — Société d'émulation de l'Ain, à Bourg : *Journal*, 1825-1868. — *Annales*, 1869-1881.

Aisne. — Soc. académique de Saint-Quentin : *Annales*, 2ᵉ série IV-XI, 1846-54 ; 3ᵉ série I-XIV, 1855-76 ; 4ᵉ série I-III, 1876-80.

— Soc. académique de Laon : *Bulletin*, VI-XXIII, 1857-78.

— Soc. archéologique et historique de Soissons : *Bulletin*, 2ᵉ série I-X, 1867-79.

Allier. — Soc. d'émulation de l'Allier, à Moulins : *Bulletin*, I-XVI, 1846-81.

— Soc. des sciences médicales de Gannat ; *Compte-rendu*, II-XXXIV, 1847-80.

Alpes-Maritimes. — Soc. des sciences, lettres et arts à Nice : *Annales*, I-V, 1865-78.

— Soc. des lettres, sciences et arts de Cannes et de l'arr. de Grasse : *Annales*, I-V, 1865-78.

Aube — Soc. académique d'agriculture, sciences, arts et belles-lettres de l'Aube, à Troyes : *Mémoires*, 1ʳᵉ série XIV-XXVII, 1847-63 ; 3ᵉ série I-XVIII, 1864-81.

Aveyron. — Soc. des lettres, sciences de l'Aveyron, à Rodez : *Mémoires*, V-XI, 1844-78. — *Procès-Verbaux*, I-XII, 1836-80.

Bouches-du-Rhône. — Académie des sciences, agriculture, arts et belles-lettres d'Aix : *Mémoires*, I-XII, 1819-81. — *Séances publiques*, III-LXI, 1811-81.

Calvados. — Académie des sciences, arts et belles-lettres de Caen : *Mémoires*, 1811, 1825, 1829, 1836, 1840-81.

— Soc. linnéenne de Normandie, à Caen : *Mémoires*, I-XIV, 1824-64. — *Bulletin*, 1ʳᵉ série I-IX, 1855-64 ; 2ᵉ série I-X, 1865-76 ; 3ᵉ série I-IV, 1876-80.

— Soc. d'agriculture de Caen : *Mémoires* I-VI, 1827-55. — *Bulletin*, 1858-77.

— Soc. des beaux-arts de Caen : *Bulletin*, IV-VI, 1875-81.

— Soc. des Antiquaires de la Normandie, à Caen : *Mémoires*, XIV-XXIX, 1844-77. — *Bulletin*, V-VIII, 1871-77.

Charente. — Soc. archéologique et historique : *Bulletin*, 4ᵉ série VIII-XI, 1871-76 ; 5ᵉ série I-III, 1877-80.

Côte-d'Or. — Académie des sciences, arts et belles-lettres de Dijon : *Mémoires*, I-X, 1769-1785 ; 1805-1850 ; 2ᵉ série I-XVI, 1851-70 ; 3ᵉ série I-VI, 1871-80.

— Soc. d'agriculture et d'industrie de la Côte-d'Or, à Dijon : *Journal*, 1850-77.

— Soc. des sciences historiques et naturelles de Semur : *Bulletin*, II-XVI, 1865-79.

— Soc. d'archéologie, histoire et littérature de Beaune : *Mémoires*, 1878-80.

Doubs. — Soc. d'émulation du Doubs, à Besançon : *Mémoires*, I-III, 1841-49 ; 2ᵉ série I-VIII, 1850-56 ; 3ᵉ série I-X, 1856-64 ; 4ᵉ série I-X, 1865-75 ; 5ᵉ série I-V, 1876-80.

— Académie des sciences, lettres de Besançon : *Séances publiques*, 1822-1880.

Drôme. — Soc. d'archéologie et de statistique, à Valence : *Bulletin*, I-XV, 1866-81.

Finistère. — Soc. académique de Brest : *Bulletin*, I-VIII, 1858-73 ; 2ᵉ série I-VII, 1873-81.

Gard. — Académie de Nîmes : *Mémoires*, 1807-1879.

— Soc. littéraire et scientifique d'Alais : *Mémoires et Comptes-rendus*, I-XII, 1870-80.

Garonne (Haute-). — Académie des sciences, inscriptions et belles-lettres de Toulouse : *Mémoires*, I-IV, 1782-90 ; 2ᵉ série I-VI, 1827-43 ; 3ᵉ série I-VI, 1844-50 ; 4ᵉ série I-VI, 1851-56 ; 5ᵉ série I-VI, 1857-62 ; 6ᵉ série I-VI, 1863-68 ; 7ᵉ série I-X, 1869-78 ; 8ᵉ série I-III, 1879-81.

— Académie des Jeux floraux, à Toulouse : *Recueil*, 1821-81.

— Soc. archéologique du midi de la France, à Toulouse : *Mémoires*, I-XII, 1832-1880. — *Bulletin*, 1870-81.

— Soc. d'agriculture de la Haute-Garonne, à Toulouse : *Journal*, 3ᵉ série I-XXIII, 1850-72 ; 4ᵉ série I-IX, 1873-81.

— Soc. d'histoire naturelle de Toulouse : *Bulletin*, I-XIV, 1867-80.

— Soc. des sciences physiques et naturelles de Toulouse : *Bulletin*, I-V, 1879-80.

— Soc. acad. hispano-portugaise, à Toulouse : *Bulletin*, I-II, 1880-81.

Gironde. — Académie des sciences, lettres de Bordeaux : *Recueil des actes*, 1819-1837 ; I-XXXVII, 1839-75.

— Soc. des sciences physiques et naturelles de Bordeaux : *Mémoires*, 1ʳᵉ série I-X, 1855-74 ; 2ᵉ série I-IV, 1875-81.

Hérault. — Académie des sciences, lettres de Montpellier : *Mémoires*, classe des sciences, I-X, 1847-80 ; lettres, IV-VI, 1864-79 ; médecine, IV-VI, 1863-79.

Hérault. — Soc. archéologique, littéraire et scientifique de Béziers :
Séances publiques, 1845-62. — *Bulletin*, 1re série I-XV,
1836-57 ; 2e série I-X, 1858-80.

— Soc. d'études des sciences naturelles de Béziers : *Bulletin*,
I-IV, 1876-80.

Indre-et-Loire. — Soc. d'agric., sciences, arts et belles-lettres
d'Indre-et-Loire, à Tours : *Annales*, I-LX, 1821-81.

Isère. — Académie delphinale, à Grenoble : *Bulletin*, 1re série I-V,
1846-56 ; 2e série I-III, 1857-64 ; 3e série I-XIV, 1865-78. —
Documents, I-III, 1865-75.

— Soc. de statistique, sciences de l'Isère, à Grenoble : *Bulletin*,
1re série I-IV, 1838-46 ; 2e série I-VII, 1851-67 ; 3e série I-X,
1869-1880.

Landes. — Soc. de Borda, à Dax : *Bulletin*, I-VI, 1876-81.

Loire. — Soc. d'agric., indust., sciences, arts et belles-lettres, à
Saint-Étienne : *Annales*, I-XXV, 1857-81.

Loire (Haute-). — Soc. d'agric., sciences, arts et commerce du
Puy : *Annales*, I-XXXI, 1826-71.

Loire-Inférieure. — Soc. académique de la Loire-Infér. à Nantes :
Annales, 1re série I-IX, 1830-39 ; 2e série I-X, 1840-49 ; 3^e
et 4e séries 1850-70 ; 5e série I-IX, 1871-79 ; 6e série I-II,
1880-81.

Loiret. — Soc. d'agric., sciences, belles-lettres et arts d'Orléans :
Mémoires, I-XXII, 1853-81.

— Soc. archéologique de l'Orléanais, à Orléans : *Mémoires*,
I-XVII, 1851-80. — *Bulletin*, I-VII, 1848-81.

Lot-et-Garonne. — Soc. d'agric., sciences et arts d'Agen : *Recueil
des travaux*, 2e série I-VII, 1860-81.

Maine-et-Loire. — Académie des sciences, belles-lettres d'Angers :
Mémoires, I-XXXVI, 1857-81.

— Soc. d'agric., sciences et arts d'Angers : *Mémoires*, 1re série
I-VI, 1831-49 ; 2e série I-VIII, 1850-57 ; Nouv. période I-XX,
1858-78.

— Soc. industrielle d'Angers : *Bulletin*, 1re série I-XX, 1830-49 ;
2e série I-X, 1850-59 ; 3e série I-XXII, 1860-81.

Manche. — Soc. des sciences naturelles de Cherbourg : *Mémoires*,
I-XXIII, 1852-80.

— Soc. académique de Cherbourg : *Mémoires*, I-V, 1852-73.

Marne. — Soc. d'agric., sciences de la Marne, à Chalons-sur-
Marne : *Mémoires*, 1856-81. — *Séances publiques*, 1816-57.

— Soc. des sciences, arts de Vitry-le-Français : *Mémoires*, I-IX,
1867-78.

Meurthe. — Académie Stanislas, à Nancy : *Mémoires*, 1819-81.

Meuse. — Soc. des sciences, lettres et arts de Bar-le-Duc : *Mémoires*, I-X, 1871-81.

Nord. — Soc. des sciences, agric., arts de Lille : *Mémoires*, 1re série 1819-53; 2e série I-X, 1854-63; 3e série I-XIV, 1864-74; 4e série I-VIII, 1876-80.

— Soc. centr. d'agric., sciences et arts, à Douai : *Mémoires*, 1re série 1826-48 ; 2e série I-XIV, 1849-78.

— Soc. d'émulation de Cambrai : *Mémoires*, 1823-35, XVI-XXXVII, 1840-81.

Oise. — Soc. académique d'archéologie, sciences, à Beauvais : *Mémoires*, I-XI, 1847-81. — *Bulletin de l'Athénée*, 1846-54.

Pas-de-Calais. — Soc. des Antiquaires de la Morinie, à Saint-Omer : *Bulletin*, I-VI, 1852-81. — *Mémoires*, XIV-XVII, 1872-81.

Puy-de-Dôme. — Académie des sciences de Clermont-Ferrand : *Mémoires*, I-XXII, 1859-80. — *Annales scient. de l'Auvergne*, XVIII-XXX, 1845-57. — *Bulletin*, 1881.

Pyrénées-Orientales. — Soc. agricole, scienfique et littér. des Pyr.-Or., à Perpignan : *Bulletin*, II-XXIV, 1836-80.

Pyrénées (Basses-). — Soc. des sciences, arts et lettres de Pau : *Bulletin*, 2e série I-X, 1871-81.

Rhône. — Soc. d'agric., histoire natur. et arts utiles de Lyon : *Compte-rendu*, 1806-36. — *Annales*, 1re série I-XI, 1838-48; 2e séric I-VIII, 1849-56 ; 3e série I-XI, 1857-67 ; 4e série I-X, 1868-77 ; 5e série I-IV, 1878-81.

— Soc. linnéenne de Lyon : *Compte-rendu*, 1839-42. — *Annales*, 1re série 1836-52 ; 2e série I-XXVIII, 1852-81.

— Soc. littéraire, histor. et archéologique de Lyon : *Notice historique* et *Compte-rendu* de 1857 à 1860. — *Mémoires*, 1860-80. — *Centenaire*, 1778-1878.

— Soc. de médecine : *Annales*, 2e série I-XXIX, 1851-81.

Saône-et-Loire. — Académie des sciences, lettres de Mâcon : *Compte-rendu*, 1822-47. — *Annales*, I-XV, 1853-77; 2e série I-III, 1878-81.

— Soc. d'histoire et archéologie de Chalon-sur-Saône : *Mémoires*, I-VI, 1844-76.

— Soc. éduenne, à Autun : *Mémoires*, 1845-66 ; nouvelle série I-IX, 1872-80.

Sarthe. — Soc. d'agric., sciences de la Sarthe, au Mans : *Bulletin*, II-VIII, 1836-49 : 2e série I-XIX, 1850-80.

— Soc. historique et archéologique du Maine, au Mans : *Revue*, I-X, 1876-81.

Savoie. — Académie des sciences de Savoie, à Chambéry : *Mémoires*, 1re série I-XIII, 1825-50 ; 2e série I-XII, 1851-72 ; 3e série I-VIII, 1875-80.

Savoie (Haute-). — Association florimontane d'Annecy : *Revue savoisienne*, I-XXII, 1860-81.

Seine. — Académie des sciences : *Compte-rendu*, I-XCIII, 1835-81.

— Soc. nation. d'agriculture de France, à Paris : *Bulletin*, I-XLI, 1845-81. — *Mémoires*, 1828-77.

— Soc. centr. d'horticulture de France, à Paris : *Journal*, I-XII, 1855-66 ; 2e série I-XII, 1867-78 ; 3e série I-III, 1879-81.

— Soc. des Antiquaires de France, à Paris : *Bulletin*, 1857-62. —*Mémoires*, 3e série I-X, 1852-68; 4e série I-X, 1868-79.

— Soc. française de numismatique et d'archéologie, à Paris : *Comptes-rendus*, I-VI, 1869-75 ; 2e série I, 1877-79.

— Soc. protectrice des animaux : *Bulletin*, VIII-XXVI, 1862-81.

Seine-Inférieure. — Académie des sciences, belles-lettres et arts de Rouen : *Précis des travaux*, 1744-93, 1804-80.

— Soc. centr. d'agriculture de la S.-Infér., à Rouen : *Extrait des travaux*, XVI-XXIX, 1850-77, 1878-81.

— Soc. centr. d'horticulture de la S.-Infér., à Rouen : *Bulletin*, I-XXIII, 1837-81.

— Soc. havraise d'études diverses, au Havre : *Recueil des Publications*, I-XLV, 1834-78.

— Soc. d'émulation, commerce et industrie, à Rouen : *Bulletin*, 1833-81.

Seine-et-Oise. — Soc. d'agric. et des arts de S.-et-Oise, à Versailles : *Mémoires*, XVII-LXIV, 1817-64 ; 2e série I-XIV, 1865-80.

— Soc. d'horticulture de S.-et-Oise, à Versailles : *Journal*, I-VIII, 1840-50 ; 2e série 1852-81.

— Soc. des sciences morales, lettres et arts, à Versailles : *Mémoires*, I-XI, 1847-78.

— Soc. des sciences médicales et naturelles de S.-et-Oise, à Versailles : *Mémoires*, VII-XI, 1861-74.

Somme. — Académie des sciences, agric., commerce, belles-lettres et arts de la Somme, à Amiens : *Mémoires*, 1re série I-X, 1835-57 : 2e série I-X, 1858-73 ; 3e série I-VII, 1873-80.

— Soc. des Antiquaires de la Picardie, à Amiens : *Mémoires*, in-8° I-XXVI, 1838-80. — *Mémoires*, in-4° I-IX, 1842-80. — *Bulletin*, I-XIV, 1841-81.

— Soc. linnéenne du nord de la France, à Amiens : *Mémoires*, I-IV, 1868-77. — *Bulletin*, I-V, 1872-81.

Somme. — Soc. d'émulation d'Abbeville : *Mémoires*, 1833-68; 3⁰ série I-II, 1869-76. — *Bulletin*, 1877-80.

Tarn-et-Garonne. — Soc. des sciences, agric., lettres de Tarn-et-Garonne, à Montauban : *Recueil*, 1867-78.

Var. — Soc. académique du Var, à Toulon : *Bulletin*, VI-XXXIII, 1838-65 : 2ᵉ série I-IX, 1868-80.

Vienne. — Soc. académique d'agriculture, sciences de la Vienne, à Poitiers : *Bulletin*, 1846-80.

— Soc. des Antiquaires de l'Ouest, à Poitiers : *Bulletin*, 2ᵉ série 1877-81.

Vienne (Haute-). — Soc. archéologique du Limousin, à Limoges : *Bulletin*, XXIII-XXIX, 1874-81.

Vaucluse. — Soc. scientifique et artistique d'Apt : *Annales*, 1ʳᵉ série I-VIII, 1863-71 ; 2ᵉ série I-III, 1874-75.

Vosges. — Soc. d'émulation, à Epinal : *Annales*, 1851-81.

Yonne. — Soc. des sciences historiques et naturelles, à Auxerre : *Bulletin*, XXIV-XXXV, 1870-81.

Algérie. — Soc. archéologique de Constantine : *Recueil*, 1853-81.

Alsace et Lorraine.

Strasbourg. — Soc. des sciences, agriculture, arts : *Mémoires*, I-III, 1832-42 ; 2ᵉ série I-XV, 1860-81.

— Soc. des sciences naturelles : *Mémoires*, I-VI, 1830-70. — *Bulletin*, I-II, 1868-69.

Colmar. — Soc. d'histoire naturelle : *Bulletin*, I-XXI, 1860-80.

Metz. — Académie des sciences, lettres, arts et agric. : *Mémoires*, 1ʳᵉ série X-XXXIII, 1828-52 ; 2ᵉ série I-XIX, 1852-71 ; 3ᵉ série I-VII, 1871-78.

— Soc. d'histoire naturelle : *Bulletin*, I-XII, 1843-70.

Allemagne.

Berlin. — Académie des sciences : *Monatsbericht*, 1847-81. — *Abhandlungen*, 1851-78.

— Soc. géologique allemande : *Zeitschrift*, I-XXIII, 1849-1881.

Halle. — Soc. des naturalistes de la Saxe et de la Thuringe, à Halle : *Zeitschrift für die gesammten Naturwissenschaften*, rédigé par le professeur Giebel, I-LIV, 1853-81.

— Académie Léopold. Carolin. des curieux de la nature, à Halle : *Nova acta*, X-XLI, 1820-80.

Bonn. — Soc. des naturalistes de la Prusse rhénane et West-phalie : *Verhandlungen*, VII-XXXVIII, 1850-81.

Danzig. — Soc. des naturalistes : *Schriften*, 1re série IV-VI, 1843-62 ; 2e série I-V, 1863-81.

Kœnigsberg. — Soc. physico-économique : *Schriften*, I-XVIII, 1860-77.

Stettin. — Soc. entomologique de Stettin : *Entomologische Zeitung*, XXI-XLII, 1860-81.

Greifswald. — Soc. des naturalistes de Neu-Vorpommern et Rügen : *Mittheilungen*, I-XI, 1869-79.

Bremen. — Soc. des naturalistes : *Abhandlungen*, I-VII, 1866-81.

Hamburg. — Soc. des naturalistes : *Abhandlungen*, I-VII, 1846-80. — *Verhandlungen*, II-IV, 1875-77 ; nouvelle série, I-V, 1875-80.

Gorlitz. — Soc. des sciences de la Haute-Lusace : *Lausitzisches Magazin*, XXVII-LVII, 1850-81.

Frankfurt-am-Main. — Soc. Senckenbergienne des sciences naturelles : *Abhandlungen*, I-XII, 1854-81. — *Bericht*, 1868-80.

Gœttingen. — Soc. des sciences : *Abhandlungen*, I-XXVIII, 1838-81. — *Nachrichten*, 1850-81.

Leipzig. — Académie des sciences de Saxe : *Bericht*, 1864-80, classe math. phys., classe philol. histor. —*Abhandlungen*, math. phys. I-XII, 1852-78 ; philol. histor. I-VIII, 1850-76.

— Soc. Jablonowski : *Preischriften*, VIII-XXII, 1861-79.

— Soc. des sciences naturelles : *Sitzungsberichte*, II-VII, 1875-80.

Dresden. — Soc. de géographie : *Jahresbericht*, I-XVII, 1865-80.

— Soc. Isis des sciences naturelles : *Sitzungsberichte*, 1863-81.

Chemnitz. — Soc. des sciences naturelles : *Bericht*, I-VI, 1859-78.

Giessen. — Soc. des sciences naturelles et médicales : *Bericht*, VII-XX, 1859-81.

Stuttgart. — Soc. des sciences naturelles : *Jahreshefte*, I-XXXVII, 1845-1881.

Autriche. — Bohême. — Styrie. — Tyrol.

Vienne. — Académie des sciences : *Denkschriften*, math. naturw. Classe I-XLII, 1850-80 ; phil. histor. Cl. VII-XXX, 1856-80. — *Sitzungsberichte*, math. naturw. Cl. I-LXXXII, 1848-80 ; phil. histor. Cl. L-XCVI, 1865-80. — *Archiv für oesterr. Geschichte*, XVII-LXII, 1857-80. — *Fontes rerum austriacarum*, II-XLII, 1866-79.

— Institut géologique : *Jahrbuch*, I-XXXI, 1850-81. — *Abhandlungen*, I-IX, 1852-77. — *Verhandlungen*, 1867-81.

Vienne. — Institut météorologique : *Jahrbuch*, I-VIII, 1848-56 ;
  2ᵉ série I-XVI, 1864-79.
— Soc. zoologique et botanique : *Verhandlungen*, I-XXX,
  1851-80.
— Soc. d'horticulture : *Gartenfreund*, I-XI, 1868-78. — *Illus-
  trirte Garten-Zeitung*, 1879-81.
— Soc. de géographie : *Mittheilungen*, I-XXIII, 1857-80.
Prag. — Soc. des sciences de Bohême : *Abhandlungen*, 5ᵉ série
  VI-XV, 1851-66 ; 6ᵉ série I-X, 1868-80. — *Sitzungsberichte*,
  1859-81.
Innsbrück. — Soc. Ferdinandeum du Tyrol et Vorarlberg : *Zeit-
  schrift*, I-XII, 1835-46 ; 3ᵉ série I-XXV, 1853-81. — *Sit-
  zungsberichte*, 1860-78.
Graz. — Soc. des sciences naturelles de la Styrie : *Mittheilun-
  gen*, 1863-80.
Trieste. — Soc. adriatique des sciences naturelles : *Bollettino*,
  IV-VI, 1879-81.

Bavière.

Munich. — Académie des sciences : *Abhandlungen*, I-XIV,
  1808-81. — *Sitzungsberichte*, 1860-81.
— Observatoire astronomique, dirigé par le Dʳ Lamont : *Anna-
  len*, I-XXI, 1848-76. — *Supplementband*, I-XIII, 1851-74. —
  Meteorolog. u. magnet. Beobachtungen, 1876-81.
Regensburg. — Soc. zoologique et minéralogique : *Correspondenzblatt*, I-XXIV, 1847-80. — *Abhandlungen*, II-XI, 1852-78.

Belgique.

Bruxelles. — Académie des sciences et belles-lettres : *Bulletin*,
  2ᵉ série I-XLIX, 1857-80. — *Annuaire*, 1856-79.
— Observatoire astronomique : *Annales*, I-XXV, 1834-77 ; nouvelle série I-III, 1878-80. — *Documents divers*.
Liège. — Soc. des sciences : *Mémoires*, 1ʳᵉ série I-XX, 1843-66 ;
  2ᵉ série I-IX, 1866-82.
— Soc. géologique : *Annales*, I-VI, 1874-76.
Anvers. — Académie d'archéologie : *Annales*, 2ᵉ série I-X, 1865-74 ;
  3ᵉ série I-VI, 1875-80. — *Bulletin*, 1868-81.
Mons. — Soc. des sciences du Hainaut : *Mémoires*, 2ᵉ série II-X,
  1854-65 ; 3ᵉ série I-X, 1865-74 ; 4ᵉ série I-V, 1875-80.

Grande-Bretagne.

Londres. — Soc. royale : *Philosophical Transactions*, I-CLXXII, 1665-1881. — *Proceedings*, I-XXXII.
— Soc. linnéenne : *Transactions*, I-XXIX, 1741-1873 ; 2ᵉ série 1875-79. — *Journal*, botany, I-XVII, 1856-79 ; zoology, I-XIV, 1856-79. — *Proceedings*, 1838-75.
Manchester. — Soc. littéraire et philosophique : *Memoirs*, 2ᵉ série IX-XV, 1851-60 ; 3ᵉ série I-VI, 1862-79. — *Proceedings*, I-XIX, 1867-80.
Dublin. — Académie irlandaise : *Transactions*, I-XXVIII, 1787-1880. — *Proceedings*, VII-X, 1861-70 ; 2ᵉ série I-III, 1870-81. —*Journal*, 1863-78. — *Proceedings*, VII-X, 1858-70 ; 2ᵉ série I-III, 1871-81.
— Soc. géologique : *Journal*, I-XVI, 1834-81.

Danemark.

Copenhague. — Soc. des sciences : *Skrifter*, Histoire et philosophie, I-V, 1852-77 ; Sciences natur. et mathém. I-XII, 1849-80 ; 6ᵉ série I-II, 1880-81. — *Forhandlinger*, 1849-81.

Hollande.

Amsterdam. — Académie des sciences : *Verhandelingen*, sciences, I-XX, 1854-79 ; lettres, I-XII, 1858-80. — *Verslagen*, sciences, I-XVII, 1853-65 ; 2ᵉ série I-XV, 1866-80 ; lettres, I-XII, 1855-69 ; 2ᵉ série I-IX, 1871-80. — *Jaarboek*, 1857-79.
Harlem. — Soc. des sciences : *Verhandelingen*, 2ᵉ série I-XXV, 1841-70 ; 3ᵉ série I-IV, 1870-81. — *Archives néerlandaises*, I-XVI, 1866-81.
Luxembourg. — Soc. des sciences du Grand-Duché de Luxembourg : *Publications*, II-XVIII, 1854-81.

Italie.

Turin. — Académie des sciences : *Memorie*, I-XL, 1784-1838 ; 2ᵉ série I-XXXIII, 1839-81. — *Atti*, I-XVI, 1866-81. — *Bollettino meteorologico*, III-XV, 1868-81.
Milan. — Institut lombard des sciences et lettres : *Memorie*, scienze, VII-XIV, 1859-78 ; lettere, X-XIV, 1865-80. — *Giornale*, I-IX, 1847-51. — *Atti*, I-III, 1858-64. — *Rendiconti*, I-IV, 1864-67 ; 2ᵉ série I-XII, 1868-79.

Venise. — Institut vénitien des sciences, lettres et arts : *Memorie*,
I-XXI, 1843-80. — *Atti*, 3ᵉ série I-XVI, 1855-71 ; 4ᵉ série
I-III, 1871-74 ; 5ᵉ série I-VII, 1874-81.

Verone. — Académie d'agriculture, commerce et arts : *Memorie*,
XL-LVII, 1862-81.

Bologne. — Académie des sciences : *Memorie*, 2ᵉ série I-X, 1862-71 ;
3ᵉ série II-X, 1872-79. — *Rendiconti*, 1863-76.

Modène. — Académie des sciences : *Memorie*, I-XX, 1839-81.

Lucques. — Académie des sciences : *Atti*, I-XX, 1821-76. — *Me-*
morie, I-XI, 1813-70.

Florence. — Institut des études supérieures pratiques : *Memorie*,
philosophie et philologie, 1875-80. — Sciences physiques et
naturelles, 1877-81. — Médecine et chirurgie, 1876-80.

Rome. — Académie des Lincei : *Memorie*, classe sc. phys. math.
nat., 2ᵉ série I-III, 1873-76 ; 3ᵉ série I-VIII, 1877-80. —
Classe sc. mor. hist. philol., 2ᵉ série V-VII, 1875-76 ; 3ᵉ série I-VI, 1877-81. — *Transunti*, I-VI, 1877-81.

— Comité géologique d'Italie : *Memorie*, I-III, 1871-76. — *Bol-*
lettino, I-XI, 1870-80.

Naples. — Académie des sciences : *Atti*, 1779-1787 ; I-IV, 1819-39 ;
I-VI, 1863-75. — *Rendiconti*, I-VI, 1852-57 ; 2ᵉ série I-XIV,
1862-75.

Russie.

Saint-Pétersbourg. — Académie des sciences : *Mémoires*, I-XXIX,
1859-81. — *Bulletin*, classe phys. math. VIII-XVII, 1850-57.
Bulletin, I-XXVII, 1860-81.

— Observatoire astronomique : *Annales*, 1854-80. — *Compte-*
rendu, 1852-64. — *Repertorium für Meteorologie*, I-VII,
1869-81.

— Commission archéologique : *Compte-rendu*, 1859-79.

Moscou. — Soc. des naturalistes : *Bulletins*, 1851-81. — *Nouveaux*
mémoires, X-XIV, 1855-79.

Riga. — Soc. des naturalistes : *Correspondenzblatt*, II-XXIII,
1846-80. — *Arbeiten*, I-V, 1865-73.

Dorpat. — Soc. des naturalistes de Livonie, Esthonie, Courlande :
Archiv, 1ʳᵉ série I-VIII, 1854-77 ; 2ᵉ série I-IX, 1854-81.

Helsingfors. — Soc. des sciences de Finlande : *Acta societatis*
fennicae, I-XI, 1842-80. — *Forhandlingar*, I-XXII, 1838-80.
— *Bidrag*, Natur och Folk, I-XXXIV, 1838-79 ; Etnografi
och Statistik, I-X, 1857-64. — Observations magnét. et
météor., I-V, 1850-73.

Suède et Norvège.

Stockholm. — Académie des sciences de Suède : *Handlingar*, 1848-54 ; 2ᵉ série I-XVII, 1855-79. — *Forhandlingar*, VI-XXXVII, 1849-80. — *Meteorologiska Jakttagelser*, I-XIX, 1859-77. — *Bihang*, I-V, 1872-78. — *Lefnadsteckningar*, I-II, 1869-78.

— Bureau géologique de Suède : *Sveriges geologiska Undersok-ning*, 1863-81. — *Documents divers* et *Cartes*.

Upsal. — Soc. des sciences : *Nova acta*, 3ᵉ série I-XI, 1851-80.

Lund. — Université : *Acta*, mathem. naturv., 1864-77 ; philos. histor., 1864-77 ; Theologi, 1866-77 ; medicinska, 1866 ; Ratts och Statsvetenskap, 1865.

Christiania. — Université : *Forhandlinger*, 1856-78. — *Mémoires divers*, 1853-78. — *Meteorologische Jagttagelser*, 1862-67. — *Meteorologisk Aarbog*, 1867-76.

— Frederiks Universitet : *Aarsberetning*, 1861-67.

Suisse.

Genève. — Soc. de physique et d'histoire naturelle : *Mémoires*, I-XXVII, 1821-81.

— Soc. d'histoire et d'archéologie : *Mémoires*, I-XIX, 1841-77.

— Institut national genevois : *Mémoires*, I-XVII, 1857-70. — *Bulletin*, I-XXIII, 1853-80.

Lausanne. — Soc. vaudoise des sciences naturelles : *Bulletin*, III-XVII, 1849-81.

Neuchatel. — Soc. des sciences naturelles : *Mémoires*, I-IV, 1835-74. — *Bulletin*, I-XII, 1844-81.

Bâle. — Soc. des sciences naturelles : *Bericht*, I-X, 1835-52. — *Verhandlungen*, I-VI, 1854-74.

Berne. — Soc. helvétique des sciences naturelles : *Denkschriften*, I-XXVIII, 1837-81. — *Actes*, IX, XI-LXIII, 1823-80.

— Soc. des naturalistes de Berne : *Mittheilungen*, 1843-81.

Zurich. — Soc. des sciences naturelles : *Mittheilungen*, I-X, 1847-56. — *Vierteljahrsschrift*, I-XXV, 1856-80.

États-Unis d'Amérique.

Washington. — Smithsonian Institution : *Contributions to knowledge*, I-XXIII, 1848-81. — *Miscellaneous Collections*, I-XXI, 1862-81. — *Reports*, 1854-79.

Washington. — *Patent office Reports*, 1848-71.
— Departement de l'agriculture : *Reports*, 1866-79. — *Monthly Reports*, 1866-76.
— Coast Survey : *Report*, 1856-77.
— Comité géologique et géographique des États-Unis dirigé par Hayden : *Report*, grand in-4°, II, VI-XII, 1875-79. — *Report*, in-8, 16 vol. publiés de 1870 à 1878.
New-York. — Académie : *Annals*, I-XI, 1825-76 ; 2° série I, 1877-80.
Boston. — Soc. d'histoire naturelle : *Journal*, I-VII, 1834-63. — *Proceedings*, I-XX, 1841-80. — *Memoirs*, I-III, 1866-79. — *Occasional Papers*, II-III, 1875-1880.
— Académie américaine des arts et sciences : *Proceedings*, I-VIII, 1846-73 ; 2° série I-VIII, 1873-81. — *Memoirs*, I-X, 1833-68.
Philadelphia. — Académie des sciences naturelles : *Proceedings*, 1823-80. — *Journal*, I-VIII, 1847-81.
Saint-Louis. — Académie des sciences : *Transactions*, I-IV, 1857-80.
Salem. — Institut d'Essex : *Bulletin*, I-XII, 1869-80. — *Proceedings*, IV-VI, 1864-71. — *Historical Collections*, X-XVII, 1869-80.
— Académie Peabody : *American naturalist*, V-IX, 1871-75. *Memoirs*, I, 1871-75.
Madison. — Académie du Visconsin : *Transactions*, I-IV, 1876-77.
New Haven. — Académie du Connecticut : *Transactions*, I-V, 1866-80.